당신,

존재의 바다에게

Falling In Love With Where You Are
by Jeff Foster

당신 안에서 모든 것이 바다의 물결처럼 일어나고 사라집니다

당신, 존재의 바다에게

제프 포스터 지음 | 김윤 옮김

침묵의 향기

셰리에게,
내 가슴속에 영원히

목차

4월

5월

6월

7월

8월

9월

10월

11월

12월

너를 잊지 않으리라.

너를 내 손바닥에 새겼느니라.

_이사야 49:15~16

나쁜 소식은

당신이 붙잡을 것도 없고 낙하산도 없이

공중에서 떨어지고 있다는 것입니다.

좋은 소식은

바닥이 없다는 것입니다.

_쵸감 트룽파 린포체

머리말

당신이 아는 삶을 완전히 재편할 잠재력이 당신의 손안에 있습니다.

20년 이상 출판 업계에서 일하면서, 저는 세계에서 가장 존경받고 깨어난 수백 명의 영적 스승, 심리학자, 심리치료사, 신경과학자, 예술가를 알고 함께 일할 드문 기회를 얻었습니다. 가끔 새로운 목소리가 등장하는데, 생생히 살아 있는 무엇이 깃든 그 목소리는 미지의 영역에서 나와, 점점 더 깊어지는 사랑의 신비로 들어가는 문을 열어 줍니다. 제프 포스터는 그런 목소리 중 하나입니다.

지난 몇 년 동안 저는 주변 사람들의 삶에 깊은 관심을 가진 사람으로서, 작가로서 제프 포스터에게서 계속 영감을 받았습니다. 그리고 제프가 깊은 절망이나 심한 두려움, 극심한 불안에 빠진 사람들, 심지어 자살 직전의 사람들과 함께 앉아서 인간이라는 것이 진정 무엇을 의미하는지에 관해 진지하게 대화하는 모습을 지켜보았습니다. 또한 제프가 가장 헌신적인 영적 구도자들을 만나, 영적 깨달음을 추구하다가 지친 이들이 편안히 쉴 수 있는 자리를 보여 주는 모습도 보았습니다. 이 모든 만남에서 제프는 말을 통해, 침묵을 통해, 사랑의 교감을 통해 현존, 지혜, 깨끗한 마음, 친절이라는 선물을 나누었고, 모든 독특한 개인의 귀중함과 잠재력, 인간으로서 겪는 여정 자체의 귀중함과 잠재력을 포기하지 않습니다.

지난 수십 년 동안 많은 사람이 지켜보았듯이, 세계의 위대한 비이원적 영적 가르침들은 오고 가는 것의 너머에 있는 영원한 참된 자기의 본성을 명료하게 설명해 주지만, 이러한 전통은 진부하고 낡고 간접적인 것이 될 수 있으며, 비인간적인 것이 될 수 있습니다. 우리는 영성의 본질이 인간 삶의 상대적이고 이중적이며 골치 아프고 끈적끈적한 성질을 온전히 품는 것임을 가끔 잊어버립니다. 우리가 찾는 빛은 '다른 곳'에 있는 것이 아니라, 분리된 자아의 모습을 통해 이미 빛나고 있고, 우리의 친밀한 관계에서 쏟아져 나오고 있으며, 가장 불편한 느낌과 감정을 비추고 있습니다. 제프가 분명하게 도발적으로 드러내듯이 빛은 어둠 속에서도 살아 있습니다.

제프가 영적 대화에 중요하게 이바지한 점은 우리의 인간성을 존중하고, '평범한 삶'이 실은 얼마나 성스러운지를 보는 위험을 감수하라는 그의 타협하지 않는 권유입니다. 저는 산문과 시로 이루어진 이 사랑스러운 새 책을 진심으로 추천하며, 제프의 말과 그 사이의 공간을 통해 당신이 자기의 장엄함을 깨닫기를, 실제로는 한 번도 집을 떠난 적이 없다는 것이 진실일 가능성을 고려해 보기를 진심으로 바랍니다.

매트 리카타 박사
콜로라도주 볼더
2013년 10월

지은이의 말

황혼 녘 검은새들이 부르는

여름 노래를 누가 지었는지 누가 알까요?

이 색채의 노래에서 모래는

진홍색, 붉은색, 적갈색으로 노래하다가

침대로 올라가 먼지로 변하죠…

_케이트 부시의 노래, 〈Sunset〉에서

나는 왜 말로 표현할 수 없는 삶의 본질에 관한 책을 쓸까요? 나는 왜 말할 수 없는 것을 말하려 하는 것일까요?

'왜'라는 것은 잘못된 질문일지도 모릅니다. 내면의 침묵이 깊어질수록 말이 더 쉽고 자연스럽게 흘러나오는 것 같습니다. 말이 마침내 그 족쇄에서 풀려나고, 정합성과 정확함이라는 감옥에서, 듣는 사람이 좋아하거나 귀담아들을 필요가 있다는 생각에서 벗어나는 것 같습니다. 이 기분 좋은 음악, 창조적으로 노는 나 자신의 음표, 모든 것의 핵심에 있는 언어 이전 침묵의 생생한 표현이 가장 순수한 고요함에서 솟아나, 당신의 지금 이 순간, 지금 여기와의 친밀함으로 당신을 초대합니다. 나의 말은 당신의 말이고 삶 자체의 말이며, 그 말들은 한순간도 사라지지 않고 끝없이 빛나는 그것을 기억하도록 계속 제공됩니다.

나는 나 자신을 위해 혼자 말하거나 글을 쓰지 않으며, 예기치 않은 말의 솟아남에 활짝 열려 있을 뿐입니다. 나는 학교 수업을 마친 아이들이 발그레한 볼에 초콜릿과 기대감을 가득 물고 나를 집이라 부르며 달려올 때 그 아이들을 맞을 준비가 된 집이며, 마침내 그들이 미지의 목적지와 모험을 향해 떠날 때 그들을 놓아줄 준비가 된 집입니다.

그 질문은 마치 검은새가 여름에 노래하는 이유를 묻는 것과 같습니다.

친구여, 지금 삶에서 스트레스나 비통함, 신체의 아픔이나 감정의 아픔을 겪고 있다면, 그것은 당신의 삶이 잘못되고 있거나, 당신이 망가지고 있거나, 잘못하고 있거나, 인간으로나 영적 존재로 실패했거나, 깨어남에서 멀어졌다는 뜻이 아닙니다. 당신은 자기만의 독특하고 예상치 못한 방식으로 치유되고 있는 것인지도 모릅니다. 우리는 때로는 한동안 상태가 악화했다고 느낄 필요가 있습니다. 때로는 한때 '나'라고 정의하고 동일시했던 것들이, 낡은 구조물이 무너져야 할 때도 있습니다. 때로는 다시 일어설 수 있기 전에 무릎을 꿇어야 할 때도 있습니다. 때로는 환상이 죽어야 할 때도 있습니다. 때로는 우리의 훌륭한 계획과 희망, '일이 어떻게 될 것이라는' 꿈과 방안이, 무자비하지만 궁극에는 자비로운 지금 이 순간의 모닥불에 재로 변해야 할 때도 있습니다.

우리가 삶과 사랑, 치유에 활짝 열리고, 저마다 분리되어 있다는 꿈에서 깨어날 때, 우리는 존재의 행복만이 아니라 그 아픔을, 삶의 환희만이 아니라 그 고통도 만나게 됩니다. 깨어남이 늘 좋거나 위안이 되거나 행복하거나 '영적'인 느낌인 것은 아닙니다. 왜냐하면 우리는 필연적으로 자신의 가장 깊은 두려움과 가장 어두운 그림자, 곧 우리가 오랫동안 단절하고 부정하고 억압하고 무감각했던 우리 자신의 일부와 대면해야 하며, 그 만남은 우리를 적어도 엉망으로 만들 수 있기 때문입니다.

하지만 결국 우리는 과정 없는 과정을 신뢰하게 됩니다. 그리고 가장 깊은 슬픔조차 삶을 위협하는 것이 아니라 삶의 지성적인 움직임으로 보는 법을 배웁니다. 우리 자신이 좋은 것과 나쁜 것, 아픔과 즐거움, 빛과 어둠, 고뇌와 기쁨 등 모든 것을 담을 만큼 광대하다는 것을 기억합니다. 우리는 한때 상상했던 것만큼 한정된 존재가 아닙니다. 우리는 삶 자체입니다.

이 책은 단순하지만 혁명적인 초대장을 전합니다. '세상이 당신을 행복하게 해 주기를 기다리지 마세요.' 자신이 바로 지금 직접 통제할 수 없는 외적인 것(사물, 사람, 환경, 경험, 사건 등)에 내면의 기쁨을 의존하지 마세요. 행복 복권 게임을 그만두세요. 추구를 잠시 멈추고, 지금 당신 자신인, 언제나 당신 자신이었던 본연의 행복을 발견하세요. 끊임없이 변하는 삶의 '내용'에 의존하지 않는, 이미 자기 안에 있는 만족을 발견하세요.

2년 동안 일기와 페이스북에 쓴 글에서 고른 이 책의 산문과 시는 당신이 결코 포기하지 않는 여행, 참된 집으로, 지금 이 순간으로 돌아오는 여행, 외롭고 고통스럽고 황홀하고 열중하고 지치고 행복하고 혼란스러운 그 길 없는 여행을 하는 당신을 안내하고 도전하고 격려하고, 어쩌면 영감을 주기 위해 쓰인 글입니다.

다음에 나오는 글들을 천천히 주의 깊게 읽어 보세요. 열두 달에 걸쳐 자기의 내면과 주위에서 계절이 변하는 동안 이 말들에 관해 명상하면서 그 모든 것을 흡수해 보세요. 또는 마음이 내킬 때마다 아무 페이지나 펼쳐서 읽어도 좋습니다. 이 책에 담긴 말들이 매달, 매년 당신과 함께 살도록 해 보세요. 단어와 단어 사이, 단어 밑에 있는, 단어를 둘러싸고 있는, 단어를 품고 있는 침묵, 현존, 따뜻함을 느껴 보세요.

목적지를 내려놓으세요. 끊임없이 변하는 여행의 계절을 누리세요. 걸음마다 현존하세요. 잊지 말고 숨을 쉬세요.

혼자 걷는 게 아니라는 것을 아세요.

사랑으로,
제프 포스터

영국 브라이튼에서
2013년 9월

… 이 열린 공간에 함께 앉을 수 있다는 것만으로도 아주 소중한 일입니다. 여기에서는 아무것도 해결될 필요가 없고, 우리 자신을 고칠 필요가 없고, 우리의 긴급한 질문들에 답할 필요가 없으며, 마침내 우리의 질문들이 그저 질문일 뿐이도록 허용되고, 우리의 불확실성을 확실성으로 바꿀 필요가 없고, 우리의 의문들이 마침내 의문들로 있도록 허용되는 곳입니다. 명상가도 없고, 목적지도 없고, 통제자도 없는 이 참된 명상의 자리에서, 우리 자신인 이 따뜻한 껴안음 속에서, 우리는 답을 찾을 필요가 없고, 삶에 관해 어떤 정신적 결론을 내릴 필요도 없고, 모든 것을 해결할 필요도 없으며, '알' 필요도 없습니다. 왜냐하면 마침내 우리의 모든 궁금증과 헤맴, 모든 것을 해결하려는 노력과 모든 것을 해내려는 노력, 고단한 추구와 탐색, 답을 찾으려는 절박함이 모두 여기에 정확히 있는 그대로 있도록 허용되기 때문입니다 …

제프 포스터,

영국 글래스톤베리에서 열린 수련회에서

2012년

1월

행복은 당신의 이름을 들은 뒤로,

이 거리 저 거리

당신을 찾아다니고 있습니다…

_하피즈

당신은 아무 문제가 없습니다

친구여, 당신은 처음부터 문제가 없었습니다. 당신은 죄인으로 태어나지 않았습니다. 버려질 운명이 아니었습니다. 당신의 삶에 기본적으로 부족한 것은 없었습니다. 단지 그런 것이 있다고 생각했을 뿐입니다.

사람들은 당신이 부족하다고 믿게 만들려 했습니다. 그들 자신이 부족하다고 느꼈기 때문입니다. 당신은 순진했고 그들의 말을 부정할 증거를 알지 못해 그 말을 믿었습니다. 그래서 그 오랜 세월 자신을 고치고 정화하고 완벽하게 만들려 노력했습니다.

'나'라는 개인의 가치를 증명하기 위해 권력, 재산, 명성, 나아가 영적 깨달음까지 추구했습니다. '더 나은 나 만들기' 게임을 하면서, 자기를 다른 버전의 '나'들과 비교하고, 늘 열등감이나 우월감을 느꼈으며, 도달할 수 없는 목표에 도달하려 애쓰고, 어차피 완전히 믿지도 않는 어떤 자기 이미지에 들어맞게 살려고 애쓰다가, 그 모든 노력에 너무 지친 나머지 깊은 휴식을 갈망했습니다…

하지만 당신은 처음부터 언제나 완벽했습니다. 그 모든 불완전함 속에서도 완벽했습니다.

당신의 불완전함, 별난 점, 결함처럼 보이는 성격, 이상함, 독특하고 대체할 수 없는 특색이 당신을 그토록 사랑스럽고 인간적이고 현실적이며 공감할 수 있는 사람이 되게 했습니다. 자신의 영광스러운 불완전함 속에서도 당신은 언제나 삶의 완벽한 표현이었고, 우주의 사랑받는 자녀였고, 완전한 예술 작품이었으며, 온 세상에서 유일한 존재, 삶의 모든 풍요를 누릴 자격이 있는 존재였습니다.

삶이란 완벽한 '나'가 되는 일이 아니었습니다. 그것은 늘 당신의 모든 신성한 이상함 가운데 완벽하게 여기에 있고, 완벽하게 당신 자신으로 있는 것이었습니다.

"완벽한 작품은 잊어버려요." 레너드 코헨은 노래합니다. "모든 것에는 균열이 있어요. 그래서 빛이 들어오는 거죠."

사랑의 약속

"저는 언제나 여러분의 이야기를 깊이 경청하겠지만, 여러분을 고치거나 바로잡거나, 여러분이 느끼는 감정을 느끼지 못하게 막거나, 어디선가 배운 답변, 암기된 답변을 제공하려고 하지는 않을 것입니다. 지금 당장 직접 경험하는 현재 경험과는 거리가 먼 관념적 진리를 전하는 '아는 사람', '깨달은 사람' 또는 전도사인 척 굴지 않겠습니다. 저는 당신을 따라 드라마 속으로 들어가지 않을 것이고, 당신의 이야기와 정신적 결론과 두려움에 빠져들지 않을 것이며, 당신에 관한 저의 이야기와 꿈을 실제 당신으로 착각하지 않을 것입니다.

그렇지만 친구여, 저는 지옥의 불 속에서 당신을 만나고, 그곳에서 당신의 손을 잡고, 당신이 걸어야 하는 길을 함께 걷고, 외면하지 않을 것입니다. 왜냐하면 당신은 저 자신이고, 우리 경험의 가장 깊은 곳에서 우리는 친밀하게 서로이며, 그렇지 않은 척 가장할 수 없기 때문입니다.

그러니 혼란스러움이 느껴지면 지금 그 혼란스러움을 느껴 보세요. 두려움이 느껴지면 지금 그 두려움을 느껴 보세요. 지루하면 함께 깊이 지루해집시다. 분노로 불타오르고 있다면, 잠시 함께 불타오르고, 어떤 일이 일어나는지 지켜봅시다."

우리가 틀을 깨고, 낡은 패턴을 중단하고, 현재의 경험을 판단하거나 밀어내지 않고, 여기에 실제로 있는 것과 근본적으로 연결됨으로써 현재의 경험을 존귀하게 여기겠다는 예기치 않은 결심을 할 때, 아마도 깊은 치유가 일어날 수 있을 것입니다.

당신의 책

책의 모든 페이지에서 단어들(단어들이 무엇을 묘사하든, 이야기 속에서 무슨 일이 일어나든) 뒤에는 종이의 흰색이 있습니다. 그것은 거의 눈에 띄지 않고, 그 진가를 알아보는 사람은 더욱 드물지만, 단어들이 보이려면 그것이 절대적으로 필요합니다.

종이 자체는 전달되는 이야기에 영향받지 않습니다. 종이는 그저 그 자리에서 아무 조건 없이 단어를 담고 있을 뿐입니다. 사랑 이야기든 전쟁 서사시든 잔잔한 코미디든, 종이 자체는 상관하지 않습니다.

종이는 이야기의 결말을 두려워하지 않으며, 이야기 속의 이전 시간을 그리워하지도 않습니다. 중간 페이지들은 이야기가 어떻게 끝나는지 알 필요가 없고, 마지막 페이지는 주인공이 죽어도 애통해하지 않습니다. 종이는 이야기가 '끝났다'는 사실조차 알지 못합니다. 종이는 시간을 담고 있지만, 시간에 매이지 않습니다.

당신은 자기 인생의 책에 얼마나 많은 페이지가 남아 있는지 모릅니다. 이 자서전이 어떻게 끝날지 모릅니다. 마음의 관점에서는 '당신의 삶'이 아직 완료되지 않았고, 생각은 당신의 이야기를 가장 좋게 끝내는 방법을 찾으려고 계속 노력합니다. "문제들을 깔끔하게 해결하려면 어떻게 해야 할까? 해결되지 않은 문제들을 해결하려면 어떻게 해야 할까? 자잘한 일들을 다 잘 매듭지으려면 어떻게 해야 할까? 모든 문제를 바로잡으려면 어떻게 해야 할까?"

그러나 종이의 관점, 즉 당신의 참된 정체성인 의식 자체의 관점에서는 삶은 있는 그대로 영원히 완전하며, 해결해야 할 일은 하나도 없고, 일들에 관해 알 수 없음이 곧 해결입니다. 의식이 지금 온전히 존재하기 위해 이야기가 미래에 '완성'될 필요는 없습니다.

종이는 단순히 단어들을 정확히 있는 그대로 만날 뿐입니다.

종이의 관점에서 보면, 첫 페이지부터 마지막 페이지까지 장대한 이야기가 펼쳐지더라도, 실제로는 아무 일도 일어나지 않았습니다. 전체 이야기가 변함없는 완벽한 고요 속에서 펼쳐졌습니다. 알려지지 않은 가장 놀라운 이야기.

종교의 상실

좋아요. 그래서 당신은 이제 평화롭고 행복하며 물 흐르듯 산다고 느낍니다. 당신은 완벽한 모습으로 생활하고, 인생은 계획대로 진행됩니다. 어떤 일이 일어나도 괜찮습니다. 다시 고통받는다는 것은 상상할 수도 없습니다.

당신의 인생이라는 영화의 다음 장면으로 넘어가 봅시다. 갑자기 어떤 상실, 충격을 겪습니다. 마른하늘에 날벼락 같은 일이 벌어졌습니다. 당신은 고통이나 비통함, 절망에 시달리며 침대에 누워 있습니다. 예기치 않은, 계획에 없던 일이 벌어졌습니다. 모든 방법을 다 시도해 보았습니다. 그 무엇도 효과가 없습니다.

당신의 깨어남은 어디로 가 버린 것일까요? 당신은 무슨 일이 일어나도 괜찮은 사람이었고, 모든 경험을 평정심과 '노력 없는 받아들임'으로 맞이하는 사람이 아니었던가요? 당신의 모든 영적 진보는 어디로 가 버렸나요?

영적인 '나'는 굴욕을 당하고 호되게 얻어맞은 것 같다고 느낍니다. 당신은 가짜, 사기꾼, 거짓말쟁이였나요? 계속 자신을 속이고 있었던 것인가요? 어찌하면 원래의 자리로 돌아갈 수 있을까요?

돌아가지 마세요. 그것과 함께 그대로 머무르세요. 당신은 또 하나의 꿈에서 깨어나고 있습니다. 현재의 경험이 어떤 이미지나 기대에 들어맞을 수 있거나 들어맞아야 한다고 믿는 꿈에서…. 당신은 자기 내면의 힘을 발견하고 있습니다.

이 장면은 실수가 아닙니다. 당신의 인생이라는 영화는 망가지지 않았습니다. 당신은 자신이 얼마나 광대한 존재인지, 얼마나 많은 것을 담을 수 있는지를 재발견하고 있습니다.

언제나 '괜찮다'고 느낄 필요는 없습니다. 언제나 어떤 저항도 하지 않을 필요는 없습니다. 당신은 그보다 더 큰 존재이며, 사실은 무한한 존재입니다. 당신에게 '언제나'라는 것은 없습니다. 당신은 괜찮음과 괜찮지 않음, 받아들임과 저항이 담기는 공간입니다. 어떤 고정되고 변하지 않는 자기 이미지는 필요하지 않습니다. 당신은 깨달은 구루(영적 스승)니 영적 전사가 될 필요가 없습니다. 평화로운 사람, 깨어 있는 사람, 강한 사람, 고도로 진화한 사람, 고통에 면역이 된 사람이 될 필요도 없습니다. 이 모든 것은 당신의 무한한 본성을 그릇되게 제한하는 것일 뿐입니다. '이런' 사람 '저런' 사람이 아니라, 그저 자기 자신으로 존재하세요. 그 모든 것을 위한 공간인 하나(The One)로….

삶이 당신을 걷어차 몇 번이나 받침대[*]에서 떨어뜨려도 그냥 놓아두세요. 받침대 위에 앉는 일에 완전히 흥미를 잃어버릴 때까지.

---

* 동상 등을 올려놓는 받침대. – 옮긴이

해결되지 않은 채

인생에서 모든 문제가 해결되고 모든 일이 깔끔하게 매듭지어지는 지점에 도달하는 일은 없을 것입니다. 그게 요점입니다. '마지막 장면'은 없으며, 영원히 해결되지 않은 채 계속 진행되는 모험 영화가 있을 뿐입니다.

당신은 삶의 어수선함을, 끊임없이 변하는 성질을, 예측할 수 없음을 사랑하는 법을 배웁니다. 그리고 폭풍의 한가운데서 불변의 침묵으로 서 있습니다. 기쁨과 고통, 환희와 고뇌, 지루함과 행복이 바다의 파도처럼 그 안에서 일어나고 가라앉는 드넓은 공간으로 있습니다. 자기 자신이 그 모든 것을 담는 공간임을 알면 아무 문제가 없습니다.

참된 받아들임

있는 그대로의 지금 이 순간에 '예스'라고 말하는 것, 있는 그대로의 자기에게 '예스'라고 말하는 것은 변화의 가능성을 포기한다는 뜻이 아닙니다. 그것은 답이 오지 않을 것이라는, 슬픔이 사라지지 않을 것이라는, 아픔이 줄어들지 않을 것이라는, 다음 장면에서 지성적인 행동이 일어나지 않을 것이라는 뜻이 아닙니다.

그것은 우주 전체의 지성이 낳은 현재의 상면과 완전히 정렬된다는 뜻입니다. 유일하게 있는 순간인 삶의 이 순간을 깊이 신뢰하고, 삶이 '어떠해야 한다'는 생각과 약속을 내려놓는다는 뜻입니다.

내일의 확실성으로 건너뛰려 하지 말고, 오늘의 불확실성을 신뢰하세요. 다음 장면의 답을 향해 서둘러 가지 말고, '아직 답이 없는' 이 창조적인 장면을 신뢰하세요. 미래의 기쁨이나 행복을 향해 달려가려 하지 말고, 슬픔이나 의심이 있는 (또는 우주의 지성이 어떤 모습으로 데려가든) 지금 이 순간을 신뢰하세요.

확실성이 제때 올 수도 있고 오지 않을 수도 있으며, 답이 주어질 수도 있고, 기쁨이 터져 나올 수도 있고 그러지 않을 수도 있으며, 신나는 순간이 조만간 올 수도 있지만, 이 순간의 보물들을 건너뛰지는 마세요.

답이 나온다면, 알지 못한다는 비료, 의심이라는 비옥한 토양에서 나올 것입니다. 기쁨이 얼굴을 드러낸다면, 깊이 어루만진 아픔에서 나올 것입니다. 새로운 생명이 자라난다면, 유일한 출생지인 지금에서 자랄 것입니다.

지금 이 순간은 당신이 이제껏 갈망한 모든 것에 다가가는 지점이자 입구이며, 은혜로 가는 관문입니다. 내일의 상상 속 영광을 추구하느라 이 순간을 건너뛰지 마세요.

I AM…

"나는…"[*] 이라고 말한 뒤에 하는 말을 알아차리세요. 이 두 개의 작은 단어에는 강력한 마법이 담겨 있습니다.

언어는 당신을 시간과 공간에 고정하려고 합니다. 그것은 본래 당신 자신인 늘 변하는 춤에 '잠시 멈춤' 버튼을 누르려는 시도입니다. 사실, 참된 당신은 고정되거나 붙잡힐 수 없으며 말로 표현될 수도 없습니다. 당신은 살아 있고 역동적이며, 모든 고정된 정의에 본래 영향받지 않기 때문입니다.

예를 들어 봅시다. "나는 슬프다"? "나는 슬퍼하는 사람이다"? "슬픔이 나를 정의한다" "나는 슬픔에 빠졌다"? 아니요. 실은 슬픔이라는 하나의 물결이 당신 자신인 드넓은 바다에서 일어나고 있고, 그 바다는 '행복'이나 '슬픔' 또는 그 사이의 어떤 것으로도 정의될 수 없지만, 그 모든 감정이 오고 가도록 허용합니다.

당신은 슬픔이 아닙니다. 슬픔이 당신 안에서 오고 갑니다. 당신은 여기에서 슬퍼하는 사람, 슬퍼하는 독립체, 슬퍼하는 '것', 슬퍼하는 '나'를 발견하지 못합니다. 오직 지금 일어나는 슬픔의 에너지, 움직이도록 허용되면 흩어지는 에너지만 있을 뿐입니다.

---

* "I Am…." I am은 '나는 있다' '나는 …이다' '나다' 등의 뜻으로 쓰인다.— 옮긴이

당신은 슬프지 않습니다. 당신은 지금 이 순간 슬픔이 잠시 머무르는 집입니다. 당신은 화가 나지 않았습니다. 당신은 바로 지금 화를 낼 수 있는 능력입니다. 당신은 깨달은 것도, 무지한 것도, 성공한 것도 아니고, 실패자도 아니며, 아무 쓸모 없는 사람도 아닙니다. 당신은 이 모든 것이며, 그 어느 것도 아닙니다. 당신은 무한한 가능성이며, 완성될 필요가 없는 문장입니다.

당신의 마법을 현명하게 사용하세요. 점점 더 깊어지는 자신에 대한 미스터리와 사랑에 빠져 보세요. 자기를 돌처럼 만들려 하지 마세요.

아무것도 기다리지 않습니다

오늘은 미래의 영광스러운 무대를 향한 사소한 디딤돌이 아닙니다. 이 순간은 일어나기를 기다리는 삶이 아니고, 달성되기를 기다리는 목표가 아니며, 말해지기를 기다리는 말, 맺어지기를 기다리는 관계, 사라지기를 기다리는 후회, 느껴지기를 기다리는 살아 있음, 얻어지기를 기다리는 깨달음이 아닙니다.

아니요, 아무것도 기다리지 않습니다. 이것이 그것입니다. 이 순간이 바로 삶입니다. 거의 삶인 것이 아니고, 얼추 삶인 것도 아니고, 반복하여 배운 관념적인 삶도 아니며, 온갖 것으로 풍부하고, 완전히 현존하며, 구석구석 가득하고, 온통 움직이거나 쉬며, 스스로 살아가는 날것의 삶입니다. 삶, 삶, 삶! 그것은 지금, 지금, 지금 맛볼 수 있는 당신의 삶입니다!

삶은 예고편도 아니고, 미리보기도 아니며, 흥행 기대작도 아닙니다. 당신이 갈망하는 것은 이미 도착했으며, 그것은 모든 감각, 모든 생각, 모든 이미지에서, 괴롭거나 지루하거나 행복한 모든 순간에 그 모든 것으로서 자기를 드러냅니다. 심지어 그것을 향한 갈망 속에도 있습니다. 그것은 그만큼 친밀합니다.

당신은 지금 성스러운 땅, 당신의 탄생지, 안식처, 자궁, 무덤 위에 서 있습니다. 쇼는 이미 시작되었고, 스포트라이트는 모두를 비추고 있습니다.

당신이 진정으로 살아 있을 미래의 '어느 날'은 없으며, 이 하루를 더 살게 된다면, 오늘은 당신이 진정으로 살 수 있는 유일한 날입니다.

초대

당신이 무엇을 믿는지는 듣고 싶지 않습니다
당신이 확신하는 것에는 전혀 흥미가 없습니다
당신의 탁월한 완벽함에는 관심이 가지 않습니다

당신의 의심을 들려주십시오
당신의 부드러운 가슴을 열어 주십시오
당신이 힘들어하는 문제로 나를 들여보내 주십시오

그곳에서 당신을 만나겠습니다
당신의 영적 결론들에
균열이 생기기 시작하는 곳

그곳에 창조성이 있고
그곳에서 새로움이 빛나며
그곳에서 우리는 참으로 만날 수 있습니다
이미지 너머에서

당신의 불완전함들은

아주 완벽합니다

이 빛 속에서

나는 당신이 완벽하기를 바라지 않습니다

당신이 진짜이기를 원합니다

길

깨달음에 이르는 정해진 길은 없습니다. 깨달음은 목적지나 목표가 아니며, 긴 여정 끝에 도착하는 마지막 안식처가 아닙니다. 그것은 깨달음에 관한 마음의 견해입니다. 깨달음은 당신이 상상할 수 있는 그 어떤 것보다 무한히 가까이 있습니다.

이것은 아주 좋은 소식입니다. 이는 당신의 길에 관해서는 그 누구도 (어떤 선생도, 어떤 구루도, 어떤 종교 지도자도) 권위자가 아니라는 뜻입니다. 그 누구도 당신에게 올바른 '길'을 알려 줄 수는 없다는 뜻입니다. 이는 당신이, 설령 잘못된 길로 갔다고 생각하더라도, 잘못된 길로 갈 수는 없다는 뜻입니다. 또한 무슨 일이 일어나든 그 일이 당신을 길에서 벗어나게 할 수는 없다는 뜻입니다. 왜냐하면 무슨 일이 일어나든 그 일이 곧 길이기 때문입니다.

그 무엇도 당신을 삶의 기적에서 멀어지거나 가까워지게 할 수 없습니다. 왜냐하면 기적은 어디에나 있으며, 모든 생각, 감각, 이미지, 느낌, 냄새, 소리로서, 그리고 이 모든 것을 알고, 이 모든 것과 친밀하며, 이 모든 것에 현존하는 더 깊은 기적으로서 이미 환히 빛나고 있기 때문입니다.

본래 당신 자신인 앎*의 빛으로 있으면서 이 순간을, 그 내용이 무엇이든, 자각해 보세요. 의심, 두려움, 슬픔, 분노, 극심한 혼란… 어쩌면, 어쩌면 이것들은 깨달음을 방해하는 적이나 장애물이 아니라, 더 깊은 지성의 표현인지도 모릅니다. 별을 낳고, 파도를 움직이며, 모든 생명체를 내보낸 뒤 그들 자신의 존재로 돌아가는 역설적인 여행을 하게 하는, 이해할 수 없을 만큼 광대하고 깨어 있는 지성의 표현.

일어나는 모든 일에 당신의 빛을 비추세요. 시간과 공간의 이야기, 미래의 목표를 향해 나아간다는 이야기에서 빠져나와, 이 성스러운 순간을 신뢰하세요. 어떤 순간이든 취해 보세요. 어떤 순간이든. 모든 순간이 접근 지점이기 때문입니다. 장애물은 전혀 없으며, 오직 입구들만 존재합니다.

당신은 미래의 완성을 향해 긴 여정을 떠나는 어떤 분리된 개체가 아닙니다.

당신은 순수한 시(詩)입니다.

---

* Awareness. 우리의 늘 아는 본성. 우리의 본성 또는 본질은 늘 있는 '현존'이며 늘 아는 '앎'이다. 우리가 지금 오감을 통해 무엇을 알든, 지금 일어나는 생각이나 감정을 알든, 자신이 지금 존재한다는 것을 알든, 무엇이든지 아는 까닭은 우리가 '앎'이기 때문이다. 앎이 안다. 우리가 앎이 아니라면 아무것도 알 수 없다. 앎만이 실재한다. 앎은 늘 저절로 알며, 우리가 꿈도 없는 깊은 잠을 자거나 기절하여 의식하지 못하는 순간에도 앎은 안다. 순수 의식. – 옮긴이

안전한 손안에

당신은 반쪽짜리 진실에 지쳤습니다. 그렇지 않나요?
당신은 가장하는 데 지쳤고
세상의 약속에 지쳤고
기다림에 지쳤습니다.
심지어 지치는 데도 지쳤습니다.
'사신'에게,
그 '지치는' 자에게도 지쳤습니다.

신성한 환멸
그리고 커다란 역설—
누가 누구에게 지치나요?

그 뒤 절망의 한가운데서
당신은 삶을 정면으로 응시하게 됩니다.
그 신성함 앞에서 벌거벗고 방어하지 않은 채.

그리고 처음으로

(어떤 이유로든)
당신은 외면하지 않습니다.

그것은 당신을 열어젖히고
당신의 꿈을 산산조각 내고
당신의 확신을 불사릅니다.
깨달음이라는 꿈조차
가망이 없습니다.

당신은 두려움에 떨며
도와달라고 외칩니다.
(왜 나를 버리셨나요?)

그 뒤, 처음으로
깊이 살아 있음을 느낍니다.
성스러움과 나뉘지 않은 채
당신이 늘 찾던 분의 품에서 안식하며,
방어하지 않아도 지극히 안전하다고 느낍니다.
마침내 자유롭습니다.
마침내 자유롭습니다.

그것은 당신이 자신이라고 생각했던 자를 파괴하지만
당신 자신인 존재는 조금도 건드리지 못합니다.

이 길은 사람들이 잘 가지 않는 길입니다.
미래로 인도하지 않는
'약속의 땅'으로 가지 않는
하지만 지금 이 글을 읽는 분에게로 가는 길.

이 길에는 먼 옛날 끝자락부터
잃어버린 정체성과 지켜지지 않은 약속이라는
벗겨진 허물들이 곳곳에 놓여 있다는 것을
줄곧 알던 분에게로 가는 길.

친구여, 다 벗어 버리세요.
당신은 늘 안전한 손안에 있었습니다.

지금 이 순간

나는 지금 이 순간에 있음을 사랑합니다. 이곳이 나의 참된 집입니다. '지금'은 내가 늘 있는 유일한 곳입니다. 나는 나 자신이 늘 여기에 있고, 오지 않으며, 가지도 않음을 봅니다.

그래요, 나는 생각과 감정이 지나가는 것은, 희열에 찬 상태와 경험, 평범한 상태와 경험이 일어나고 사라지는 것은 보았지만, 나 자신이 지나가는 것은 본 적이 없습니다. 모든 것이 지나가지만, 그것은 절대로 지나가지 않습니다. 그래서 지금 아닌 다른 곳은 향수병과 단절, 죽음과 쇠퇴처럼 느껴집니다. '다른 곳'은 환상에 불과합니다. 왜냐하면 나는 나 자신을 나 자신에게서 분리하여, 멀리서 나를 바라보며 "저기에 내가 있다!"라고 말할 수 없기 때문입니다.

모든 생각, 감각, 느낌, 이미지, 기억, 꿈은 내가 늘 있는 곳, 당신이 늘 있는 곳, 우리가 진정으로 '만나는' 유일한 장소인 바로 여기에 항상 나타납니다. 그러나 우리는 둘이 아니기에 '만날' 수 없으며, '만남'에 관한 모든 생각과 시간 이전에 있는 우리의 본래 친밀함을 알아볼 수 있을 뿐입니다.

우리의 이야기 너머, 우리의 역사와 미래 계획 너머에 있는 이곳은 우리가 결코 떨어질 수 없는 단 하나의 장소입니다. 지금 여기.

성스러운 환멸

두 가지 핵심적인 두려움이 있습니다. 가진 것을 잃어버릴까 봐 두려움, 원하는 것을 얻지 못할까 봐 두려움.

해결책이 하나 있습니다. 지금 있는 곳과 사랑에 빠져 보세요.

우리는 마침내 깨닫습니다. 애인이나 배우자, 직업, 종교, 소유물, 우승 트로피, 은행 잔고, 벽에 걸린 멋진 증명서, 심지어 완벽한 몸매조차 우리를 행복하게 해 주지는 못한다는 것을…. 이차피 영구히 또는 완전히 행복하게 해 주지는 못하며, 우리가 진정으로 추구하며 아는 그런 종류의 행복은 가능하지 않다는 것을….

이러한 깨달음은 환(幻)-멸(滅), 환상의 부서짐이고, 어린 시절 꿈의 사라짐이며, 우울이나 불안, 실존적 메스꺼움, 절망, 중년의 위기와 중독으로 나타나기도 합니다.

하지만 환멸은 아주 좋은 일일 수 있습니다. 왜냐하면 그 환멸의 성스러운 핵심에는 약속한 행복을 실제로 전해 주지는 않는 세상의 모든 안락과 쾌락을 넘어서라는, 그리고 늘 변하는 우리 삶의 외적 내용 이전에, 몸마음 이전에 있는 절대 변하지 않는 그것, 우리의 참된 본성, 우리의 참된 만족을 다시 발견하라는 초대장이 담겨 있기 때문입니다.

아무것도, 외부의 어떤 '것'—어떤 사람, 어떤 물건, 어떤 물질, 어떤 환경, 어떤 계시, 어떤 경험—도 당신을 영원히 행복하게 해 줄 힘이 없다는 것을 깨달을 때, 당신은 더 깊은 초대장을 발견합니다. 아무것도 없음(nothing)이, 당신 자신인 아무것도 아님(no-thing)이 참된 행복의 원천이며, 모든 경험에 그 열쇠가 있다는 것을 깨닫도록 초대하는….

어떤 것도 당신을 행복하게 해 줄 수 없습니다. 그러므로 행복은 내면에 있으며, 그것이 바로 큰 기쁨의 이유입니다.

인생은 제단

당신은 모든 것을 잃을 것입니다. 돈, 권력, 명성, 성공, 심지어 기억까지 잃을 것입니다. 당신의 외모는 점점 노화할 것입니다. 사랑하는 사람들은 죽을 것입니다. 당신의 몸은 쇠약해질 것입니다. 오래 갈 것처럼 보이는 모든 것이 사실은 오래가지 않으며 부서질 것입니다. 경험은 서서히, 때로는 조금 빨리, 벗겨 낼 수 있는 모든 것을 벗겨 낼 것입니다. 깨어난다는 것은 눈을 똑바로 뜨고 이 현실을 마주한다는 뜻입니다.

그러나 바로 지금, 바로 이 순간, 당신은 성스럽고 거룩한 땅에 서 있습니다. 잃어버릴 것들을 아직은 잃어버리지 않았으며, 이 단순한 사실을 깨닫는 것이 말할 수 없는 기쁨의 열쇠이기 때문입니다. 바로 지금 당신의 삶에 있는 누구든 무엇이든, 아직 당신은 빼앗기지 않았습니다. 모든 것이 지금 여기에 있습니다.

일시성(무상함)이라는 우주의 법칙은 이미 당신 주변의 모든 것과 모든 사람을 그토록 깊이 거룩하고 의미 있고, 가슴이 미어질 듯이 감사할 만한 가치 있는 존재가 되게 했습니다.

상실은 당신의 삶을 이미 거룩한 제단*으로 변모시켰습니다.

---

* 신에게 제물을 바치기 위해 마련된 신성한 단. – 옮긴이

춤

우리는 이 춤을 연습한 적이 없습니다
우리의 춤은 엉망입니다

우리는 덜덜 떨며 식은땀을 흘립니다
우리는 서로의 발끝을 밟고 맙니다
때로는 상대와 엇박자가 나고
진행 방향을 잊어버립니다

하지만 적어도 이 춤은 실제입니다
적어도 우리는 반쯤 죽어 있지는 않습니다
우리가 믿지도 않았던
어떤 이미지의 무게 밑에 묻힌 채

나는 아예 아무 춤도 추지 않느니
늘 이 불완전한 춤을 추겠습니다

2월

기적은 물 위를 걷는 것이 아닙니다.

기적은 이 땅 위를 걷는 것입니다.

_틱낫한

좋은 소식

바로 여기, 바로 지금, 바로 이 순간, 누가 뭐라고 말하든 당신은 남은 인생을 '알아야' 할 필요가 없습니다.

지금 이 순간, 당신에게는 어떤 답도 필요하지 않습니다. 때가 되면 답이 올 것이고, 아니면 오지 않을 것이며, 아마도 불필요한 질문이 사라질 것입니다.

서두를 필요가 없습니다. 삶은 서두르지 않습니다.

계절처럼 되어 보세요. 겨울은 여름이 되려고 애쓰지 않습니다. 봄은 얼른 가을이 되려고 서두르지 않습니다. 풀은 자기의 속도로 자랍니다. 비조차 땅으로 빨리 내려가려 서두르지 않습니다.

이루어질 선택은 이루어질 것이며, 지금 당장은 그 일에 관해 선택할 필요가 없습니다. 일어날 결정은 일어날 것이고, 사건들은 제때 펼쳐지겠지만, 지금 당장은 아마도 해결책이나 결과, 또는 가장 좋은 방법을 알 필요가 없을 것입니다. 아마도 '알지 못함'이 삶이라는 연회에서 환영받는 손님일 것입니다. 아마도 가능성에 열려 있음이 사랑하는 친구일 것입니다. 아마도 혼란조차 당신이 있는 곳인 지금 여기에서 잠시 쉴 수 있을 것입니다.

그래서 삶을 '고치려' 애쓰는 대신, 해결할 수 없는 일을 말끔하게 해결하고 가상의 '나'라는 서사시를 얼른 완성하려 애쓰는 대신, 우리는 그저 완전히 모르는 채로 편안히 쉬면서, 모든 것을 '통제 불능' 상태로 내버려 두고, 제멋대로인 혼돈 속 질서를 신뢰하고, 미스터리를 따뜻하게 포옹한 채로 서서히 풀리게 하며, 이 순간에 깊이 잠기며, 이 순간의 모든 독특함과 경이로움을 온전히 음미합니다.

그러면 아마도 아무런 노력 없이, 아무런 투쟁이나 스트레스 없이, '당신'이 전혀 관여하지 않아도 때가 되면 진실한 답이 나타날 것입니다.

문제들 자체가 기적인데, 왜 답을 향해 달려가야 할까요?

비켜서기

우리 모두가 힘든 일을 겪으며 마침내 배우는 한 가지는

'상대방이 도움받을 준비가 되어 있지 않으면 절대 도와주려고 하지 말라'는 것입니다.

상대방이 도움을 요청하기 전에, 자기의 오래된 통제 패턴들을 알아차리고 놓아줄 준비가 되기 전에 먼저 상대방을 도우려고 하면, 그것은 조종과 통제로 느껴질 것입니다. 상대방의 필요가 아니라 당신의 문제, 당신의 필요로 느껴질 것입니다. 그러면 상대방의 방어벽이 높아지고, 서로의 입장이 굳어지며, 당신은 좌절감이나 우월감, 무력감을 느끼게 되고, '희생자'와 '구원자'라는 거울상 역할로 인해 서로가 그 어느 때보다 단절된 느낌을 받을 것입니다.

어떻게 하면 진정으로 도울 수 있을까요? 지금 그들이 있는 자리에서 그들을 만나세요. 그들이 즉각 치유되기를 바라는 꿈을 내려놓으세요. 속도를 늦추세요. 그들의 현재 경험을 인정하세요. 자신의 견해를 강요하거나 무엇이 그들에게 '최선'이라고 여기지 마세요. 아마도 당신은 무엇이 '최선'인지를 모를 것입니다. 어쩌면 그들은 당신의 생각 이상으로 강인하고 총명하고 유능하며, 잠재력이 많은 사람일지도 모릅니다.

어쩌면 바로 지금 그들에게 '가장 좋은 것'은 당신의 도움을 원하지 않는, 또는 필요로 하지 않는 것일지도 모릅니다! 어쩌면 그들은 실제로 더 많은 괴로움이나 어려움을 겪을 필요가 있을지도 모릅니다. 어쩌면 그들은 자기만의 독특한 방식으로 조정되고 치유되고 있을지도 모릅니다. 어쩌면 지금 이 순간 필요한 것은 신뢰와 깊은 경청, 그리고 그들의 여정에서 지금 있는 자리에 대한 깊은 존중일지도 모릅니다. 어쩌면 당신은 그저 자기 자신을 도우려 하고 있는지도 모릅니다.

어쩌면 진정한 변화는 다른 사람에게 변화를 강요하는 데서 오는 것이 아니라, 그들의 고유한 길과 신비한 치유 과정을 존중하는 데서, 이 순간의 모든 창조 지성을 열어 주는 데서, 바로 지금 그들이 있는 자리와 정렬하는 데서 오는 것인지도 모릅니다.

누구를 바꾸려고 할 때, 당신은 그들이 지금 이대로는 괜찮지 않으며, 당신이 그들의 현재 경험을 거부하고 저항하고 싫어하며 그 경험이 달라지기를 바란다는 뜻을 암암리에 전달하고 있습니다. 심지어는 그들을 사랑하지 않는다는 뜻을 전달하고 있을지도 모릅니다. 그들을 바꾸려는 시도를 멈추고, 그들을 있는 그대로 만나고, 펼쳐지는 그대로의 삶과 정렬할 때, 예상치 못한 큰 변화가 일어날 수도 있습니다. 이제 당신은 우주의 참된 친구이자 협력자이기 때문입니다. 다른 사람을 바꾸려는 시도를 멈추면, 그들은 자기만의 방식으로, 자기만의 알맞은 때에 바뀔 것입니다. 또는 바뀌지 않을 것입니다. 아마도 당신이 가장 크게 돕는 때는 돕는 길에서 비켜설 때일 것입니다.

지반이 무너질 때

발밑의 지반이 무너지면 무슨 일이 일어날까요?

중요한 인간관계가 갑작스레 끝나 버리고, 성공이 하룻밤 사이에 실패로 바뀌고, 사랑하는 사람이 죽고, 별안간 중병 진단을 받고, 갑자기 발 디딜 지반이 사라져 버린 것처럼 느껴집니다. 깊은 불확실성이 느껴지고, 자기의 세계가 통제 불능 상태로 돌아가는 것 같습니다.

이제 더는 아무것도 현실처럼 느껴지지 않습니다. 삶이 더는 '자기의' 삶이 아닌 것처럼 느껴지고, 마치 자신이 어떤 이상하고 냉담한 영화 속에 있는 것 같고, 어디로 향해야 할지, 심지어 어디에 서 있어야 할지도 모르겠다는 느낌이 듭니다.

한때 그렇게 견고하고 '현실적'으로 보이던 미래는 이제 거짓과 동화 같은 이야기라는 것이 드러나고, '내일'의 꿈은 산산이 부서져 버립니다. 어차피 '내일'은 당신이 자기도 모르게 계획했던 방식으로는 일어나지 않을 것입니다. 지금은 만족할 만한 해답이 없고, 당신을 안내할 권위자도 없습니다. 왜냐하면 아무도 당신을 위해 대신 경험해 줄 수 없고, 아무도 당신에게 필요한 답을 가지고 있지 않기 때문입니다.

당신은 헤아릴 수 없이 광대한 우주에서 돌고 있는 아주 작은 행성에서 깊은 외로움을 느낍니다. 자궁 속으로 다시 돌아가고 싶지만, 자궁은 이미 사라졌습니다.

훌륭합니다! 오, 훌륭해요! 이 얼마나 훌륭한 초대인가요! 삶은 잘못되지 않았습니다. 삶은 잘못될 수 없으며, 모든 것이 삶이고, 삶이 모든 것이기 때문입니다. 오직 삶에 '관한' 우리의 꿈과 계획만이 무너질 수 있을 뿐, 삶 자체는 무너질 수 없습니다. 이 현재의 경험, 이 혼란과 거대한 의심, 이 비통함은 삶에 반하는 것이 아니며, 이것이 바로 삶이고, 격동의 삶, 약동하는 삶, 이 순간의 성스러운 삶입니다. 이것은 영화의 '잘못된' 장면이 아닙니다. 이것이 바로 영화입니다. 지금 당장은 똑바로 보기가 아무리 어려워도….

지금 여기에는 굉장한 지성이 작용하고 있습니다. 깊이 잠든 밤에 우리를 숨 쉬게 하고, 심장을 뛰게 하고, 온몸에 피를 공급하고, '우리'가 알아차리거나 신경 쓰지도 못할 때 상처를 치유하는 지성이….

잠시만이라도 모든 것을 파악하려는 노력을 멈추고, 오래된 꿈들에 집착하지 않고, 그 꿈들의 상실을 애통해하지 않고, 날것 그대로 드러난 현실을 있는 그대로 마주하면, 어떤 일이 일어날까요? 잠시만이라도 불확실성, 의심, 혼란, 아픔, 비통함에 '예스'라고 말하면, 그렇게 과감한 뜻밖의 조치를 실제로 취하면, 어떤 일이 일어날까요?

풀리지 않는 미스터리를 피하려 하지 않고 긍정하면, 어떤 일이 일어날까요? 무너져 폐허로 변해 버린 곳을 벗어나지 않고 폐허를

향하면, 어떤 일이 일어날까요? 우리가 날것 그대로 드러난 현실을 실제로 신뢰하고, 삶의 깊은 지성이 폐허로 변장한 모습을 통해 마법을 발휘하도록 허용하면, 어떤 일이 일어날까요?

정답을 알지 못해도, 판단할 기준점이 없어도, 더는 아무것도 모른다 해도, 잠시만이라도 괜찮을 수 있을까요? '이것'이 지금 어떤 모습을 하고 있든 '이것'을 느끼는 게 잠시만이라도 괜찮을 수 있을까요? 그리고 그 잔해 가운데에서 다시 한 번 숨을 쉬고, 우리 내면의 그곳, 침묵과 깊은 현존이라는 가장 친밀하고 익숙한 곳과 접촉할 수 있을까요? 꿈들의 결과를 알 필요도 없고 신경 쓸 필요도 없으며 어떤 대답도 원하지 않는 그곳과? 알아차리지 못했어도 늘 우리의 가장 친한 친구였던 그 고요함을 기억할 수 있을까요? 한 번도 떠나지 않았던 그 깨끗한 마음속으로 편안히 이완하며 들어갈 수 있을까요? 우리는 파괴될 수 없는 그 앎으로 있을 수 있을까요?

아마도 우리 자신인 우주적 지성은 실제로 우리를 버린 적이 없고, 이 순간의 엉망진창 같아 보이는 상태의 중심에는 그런 상태와는 전혀 관계없는 무엇이 있을 것입니다. 우리는 그것을 사랑, 신, 의식, 또는 단순히 우리의 '참된 자기'라고 부를 수 있습니다. 그것은 삶이 어떠해야 한다는, 이 순간이 어떻게 보이고 느껴지고 어떤 맛과 소리와 냄새여야 한다는 우리의 꿈들 이전에 있습니다.

어쩌면 우리의 꿈은 깨지기 위해 있고, 우리의 계획은 무너지기 위해 있으며, 우리의 내일은 오늘로 녹아들기 위해 있고, 이 모든 것은 통제라는 환상에서 깨어나 지금 여기에 있는 것을 온 가슴으로 껴안으라는 하나의 거대한 초대일지도 모릅니다.

아마도 이 모든 것은 연민으로의 부름, 행복과 아픔과 달콤씁쓸한 영광이 공존하는 이 우주를 깊이 껴안으라는 부름일 것입니다. 아마도 우리는 삶을 정말로 통제할 수는 없었을 것이고, 아마도 우리는 이 사실을 계속 잊어버리기에 이를 기억하라는 초대를 계속 받고 있을 것입니다. 아마도 고통은 전혀 적이 아니며, 그 핵심에는 우리가 진정으로 인간다워지고 진정으로 신성해지려면 모두가 배워야 하는 직접적인 실시간 교훈이 있을 것입니다. 아마도 고난에는 항상 돌파구의 씨앗이 담겨 있을 것입니다.

아마도 고통은 시험이나 처벌이 아니라 단순히 하나의 통과의례이며, 미래나 과거의 어떤 것을 가리키는 이정표가 아니라, 지금 여기, 존재 자체의 신비를 직접 가리키는 지시봉일 것입니다.

아마도 우리의 삶은 전혀 '잘못될' 수 없을 것입니다.

되감기, 재생, 앞으로 빨리 감기

후회는 과거를 바꾸려는 생각의 헛된 시도입니다. 그렇지만 과거를 조작하려는 시도는 이미 한참 전에 본 영화의 이전 장면으로 되돌려서 바꾸려 하는 것과 같습니다. 생각은 "그 장면은 달랐어야 했어!"라거나 "그 장면은 아예 일어나지 말았어야 했어!"라고 말합니다.

하지만 물론 영화는 있는 그대로 완벽했고, 그 완벽함에는 '불완전해 보이는' 장면들도 실제로 포함됩니다. 과거의 불완전해 보이는 모습도 이 순간의 우주적 완벽함의 일부입니다.

현실은 바로 지금 정확히 있는 그대로임을 인정하는 것은 삶에 거리를 두거나 삶을 부정하라는 것이 아니며, 세상의 모습을 '환상'으로 치부하며 관심 두지 않는 태도의 변명이 아닙니다. 그 반대입니다. 우리는 삶에서 물러나 "모든 것이 완벽하니 더는 아무것도 돕거나 바꾸려 하지 않겠다"라고 말하지 않습니다. 그것은 또 하나의 장애이고, 또 하나의 관념적 입장이며, 또 하나의 현실 도피입니다.

이 완벽함은 세상에 활짝 열려 있고, 영화의 나머지 부분에 열려 있으며, 일어나는 일에 열려 있습니다. 우리는 여전히 과거에서 교훈을 배우고, 그 배움을 미래로 가져갈 수 있습니다. 하지만 후회는 사라졌습니다. 우리는 더는 되돌리지 않습니다. 우리는 이것을 '신뢰'라고 불러도 되지만, 이름 붙일 필요는 전혀 없습니다.

우리는 과거를 바꿀 수 없고(되감기), 미래를 알 수 없지만(앞으로 빨리 감기), 삶을 정확히 있는 그대로 만날 수 있고(재생), 놀고 또 놀 수 있습니다…

당신은 둘인가요?

당신은 왕, 여왕이며, 끊임없이 변화하는 멋진 왕국을 지켜보고 있습니다. 생각, 감각, 감정은 지금 이 순간 당신을 위해 끊임없이 퍼레이드*를 합니다. 당신의 끊임없는 현존이 없으면 퍼레이드도 없습니다. 당신이 없으면 아무것도 없습니다.

당신이 갈망하는 하나, 당신이 늘 찾으려 한 하나(참된 당신)는 생각과 감정의 퍼레이드에 전혀 모습을 보이지 않는 하나입니다. 그것은 당신에게 하나의 '대상'이 될 수 없기 때문입니다. 생각은 춤을 추고, 감각은 따끔거리고, 감정은 불타오르겠지만, 참된 당신은 당신이 있는 자리에는 전혀 모습을 드러내지 않을 것입니다. **당신은 둘일 수 없기 때문입니다.** 당신은 참된 당신이 나타나기를 영원히 기다릴 수 있습니다. 하지만 누가 기다릴까요?

어떤 관점에서 보면, 이것은 비극입니다! 당신이 찾는 것은 찾으려는 노력으로는 결코 찾을 수 없기 때문입니다. 그래서 영적 추구는 탈진과 환멸, 좌절, 심지어 절망으로 끝날 수 있습니다.

다른 관점에서 보면, **'당신은 결코 당신에게 나타날 수 없다'**라는

---

* 축제나 축하 행사 따위로 많은 사람이 시가를 화려하게 행진하는 일. 또는 그런 행렬. – 옮긴이

깨달음은 퍼레이드 이전에 있는 당신이 진정 누구인지를 기억하라는 거대한 초대장입니다. 나타나지도 사라지지도 않는 그것, 그 없이는 퍼레이드가 불가능한 그것, 탄생과 죽음, 재탄생의 끝없는 순환 너머에 있는 그것을 기억하라는 초대장.

당신은 왕, 여왕이고, 혈통이나 계보가 없으며, 당신만이 존재합니다. 이것은 나르시시즘이나 유아론(唯我論)이 아닙니다. 이것은 깊은 평화이며, 아직 자기의 참된 가치를 이해하지 못하는 모든 사람에게는 '가슴을 활짝 열어젖히는 연민'입니다.

약속

현존 너머의 이 현존에서는
전혀 장소가 아닌 이 장소에서는
내가 나 자신을 부르는 이 따뜻한 포옹 속에서는
'아니요'조차 은밀한 '예'입니다,
저항조차 깊이 허용되며
의심조차 삶의 축하입니다.

오세요, 사랑받지 못한 모든 피조물이여,
삶이라는 드넓은 바다에 떠도는 모든 집 잃은 물결,
아픔, 의심, 수치심, 죄책감,
겁에 질린 모든 빛의 고아들,
숨어 있던 곳에서 기어 나와
어둠에서 빠져나오세요,
여러분은 큰 잔치에 초대받았습니다.

오세요, 불확실성이여, 내 곁에 앉으세요,
오세요, 절망이여, 내 잔을 마시세요,

오세요, 두려움이여, 나를 두려워 마세요,
나 그대를 외면하지 않으리니,
이 테이블에 앉을 그대의 자리를 거부하지 않으리니.
이제 나 자신의 진실을 알았으므로.

난 오래전에 여러분을 초대했어요.
내겐 지켜야 할 아주 오래된 약속이 있어요.

이상한 것들의 축제

열정이 없고 인간의 깊은 감정이 없는 영적 좀비가 되지 마세요.

영성이 당신의 독특함을 억압하는 것이 아니라, 그 독특함을 즐기는 것이 되게 하세요. 자신의 별남, 이상함, 기이함—당신의 독특하고 대체할 수 없는 풍미—을 잃지 마세요. '아무도 아닌', '아무것도 아닌', '자아 없는', '에고 없는' 또는 '인간을 넘어선' 어떤 초월적이고 비인격적인 존재가 되려고 하거나 그런 존재인 척하지 마세요. 이는 또 하나의 관념적 집착(고정관념)일 뿐이며, 더는 아무도 그것을 믿지 않습니다.

당신의 독특한 표현을 찬미하고, 더는 사과하지 마세요. 이 완벽하게 신성한, 매우 인간적인 문제투성이인 자신과 사랑에 빠져 보세요.

여기에는 권위자가 없으며, 삶을 잘못 살 수도 없습니다. 그러니 모든 것을 잘못해 보세요.

실패해 보세요. 영광스럽게.

절망의 약

어떤 사람이 원인도 모르고 설명하기도 어려운 슬픔에 관해 이야기할 때, 나는 종종 흥분합니다. 나는 슬픔을, 삶이라는 바다의 다른 모든 파도와 마찬가지로, 존재에 관한 더 깊은 진실에 눈을 뜨고 우리 본연의 광대함을 알아차리라는 초대, 소명, 부름으로 봅니다.

삶은 씁쓸하고 달콤합니다. 지금은 아무리 아름다운 것이라도 곧 지나갈 것입니다. 모든 것은 일시적이며 기반이 없습니다. 당신은 죽을 것입니다. 적어도 이번 생에서는…. 당신이 사랑하는 모든 사람도 세상을 떠날 것입니다. 성공은 실패로 바뀔 수 있습니다. 가진 것을 잃을 수도 있습니다. 당신의 몸은 나중에는 지금보다 기능이 약해질 것입니다. 아무것도 확실하지 않으며, 모든 것이 의심스러워집니다. 상대적 존재는 물처럼 우리의 손가락 사이로 너무 쉽게 빠져나갑니다. 우리의 기쁨은 슬픔으로 물듭니다. 우리의 행복에 고향을 그리워하는 향수가 스며듭니다. 모든 것의 음과 양은 당신이 한쪽 편[*]에 자리 잡게 놓아두지 않을 것입니다. 여기에는 집 없는 사람들을 위한 집이 없습니다.

---

* 예를 들어, 기쁨과 슬픔, 성공과 실패, 오르막과 내리막 등 상반되는 것들로 짝지어진 것들 중 한쪽 편.— 옮긴이

존재의 이 더 깊은 진실과 만나는 것, 보호받지 못하고 준비되지 않은 날것의 기반과 마주하는 것은 처음에는 우울하고 심지어 절망적으로 보일 수 있지만, 그 실존적 혼란에는 무한한 풍요로움이 담겨 있을 수 있습니다.

절망의 순간, 발아래 지반이 무너지고 삶이 통제 불능으로 돌아갈 때(우리가 통제한 적이 있기나 한가요?), 우리는 종종 약물이나 성관계, 술, 심지어 영적 가르침으로 치유받으려 하거나 스스로 치유하려 합니다. 과학은 우리의 실존적 곤경을 뇌 화학 물질의 기능 장애로 축소하고, 어렵게 얻은 자격증을 가진 어떤 사람이 처방한, 문제없어 보이는 약 몇 알로 쉽게 치료하려 할 것입니다. 아마도 이러한 이론은 특정 관점에서는 어느 정도 타당할 것입니다. 하지만 다른 관점도 정말 많습니다. 무한히 많은 관점이 있습니다. 인간의 경험이라는 이 다이아몬드에는 무수히 많은 측면이 있으며, 우리의 영광스러운 존재를 화학 물질이나 뉴런으로 축소하는 것은 애석한 일입니다.

어쩌면 우리의 우울증은 병이 아니라(물론 그런 견해를 옹호하려는 분들과는 논쟁하지 않겠지만), 자기 자신과 세상에 관해 가지고 있던 낡은 구조와 이야기, 관점과 견해를 벗어나고 놓아 버리고 잃어버린 뒤, 우리가 진정 누구인지에 관한 진실에 깊이 안식하라는 부름일지도 모릅니다.

일반적인 통념은 우울함을 직면하기보다는 외면하라고 할 것입니다. 좋은 뜻으로 도우려는 친구와 가족, 자기계발 전문가들은 당신을 '정상으로 되돌리고'(도대체 정상이란 무엇인가요?), 더 '긍정적'

으로 만들고, 기운을 북돋아 주기 위해 당신을 고쳐 주고 싶어 할 수도 있습니다. '정상'이라는 것이 더는 적합하지 않다면, 어떨까요? 반쯤 벗겨진 피부를 다시 붙이는 것이 아니라 아예 벗겨 내야 한다면, 어떻게 해야 할까요? 슬픔, 아픔, 두려움, 그리고 삶이라는 바다의 모든 물결이 밀려나지 않고 창조적으로 자기를 표현하기 위해 당신 안으로 들어오고 싶어 한다면, 어떻게 해야 할까요? 당신이 평균적인 삶에 지쳤다면, 어떨까요?

당신은 자신이 한정되어 있다고 믿게 되었지만 실제로는 한정되어 있지 않다면, 어떨까요? 만약 당신이 삶의 모든 에너지를 담을 만큼, 모든 '긍정적인 것'과 '부정적인 것'을 다 수용할 만큼 광대한 존재라면, 어떨까요? 만약 당신이 '긍정'과 '부정'의 너머에 있는, 무한하고 자유로운 의식의 바다이며, 가장 깊은 절망조차 그 안에서 안식할 수 있다면, 어떨까요?

만약 당신의 우울증은, 그저 당신의 무한한 지성이 유일하게 아는 방법으로 당신을 참된 집으로 돌아오라고 부르는 것이라면, 어떨까요?

당신의 우울함에는 천연 약이 들어 있을지도 모릅니다.

헤어짐의 끝

당신이 사랑한 사람은 아무도 당신을 떠난 적이 없습니다. 단지 그들이 당신의 가슴속에 너무 깊이 묻혀서 당신이 한동안 알아보지 못했을 뿐입니다.

우리가 상상했던 경계가 녹기 시작할 때, 우리의 여린 가슴을 둘러싼 방어벽이 부드러워질 때, 우리가 사랑하는 사람들은 다시 숨을 쉬고, 어둠에서 나옵니다. 어떤 존재와 접촉하고 그 현존의 따뜻함을 느낄 때, 그 일이 아주 짧게, 아주 오래전에 일어났더라도, 우리는 영원히 변화되며, 아무리 강하게 방어벽을 쌓아도, 다시 이전으로 돌아갈 수 없고 잊을 수도 없습니다. 한번 신의 현존을 알고 나면 결코 이전과 같을 수 없습니다.

성경에는 이렇게 기록되어 있습니다. "산들이 뒤집히고, 절벽들이 떨어지며, 모든 성벽이 땅에 무너질 것이다." 현존 안에는, 지금의 이 충만함 안에는 헤어짐이 있을 수 없습니다. 사랑은 시간도 한계도 알지 못합니다. 그것은 죽음을 초월합니다.

고난의 냄새

여기 삶의 고난, 슬픔, 혼란, 불확실성, 심지어 절망까지도 사랑하라는 먼 옛날부터의 초대장이 있습니다. 그 모든 것의 일시성을 사랑하고, 그 모든 것의 예측할 수 없음, 통제할 수 없음, 관리할 수 없는 성질과 신비한 본성을 죽도록 사랑하세요.

인생이 100% 순탄할 수는 없습니다. 여행의 재미는 무엇일까요? 길을 걷다 부딪히는 돌부리들을 사랑하세요. 만족스러운 답이 전혀 없다는 것을 사랑하세요. 때로는 사랑할 수 없음을 사랑하세요.

우리가 현실이라고 부르는 이곳에는 실수라는 것이 전혀 없으며, 당신에게 던져지는 것은 오로지 영양분이 풍부한 거름뿐입니다. 처음에는 악취가 나서 도망치고 싶을지 모르지만, 그 냄새에는 비밀이 담겨 있습니다. 만약 당신이 그 거름에 기회를 주고 그것이 생명 자체의 최고 지성, 태양계와 봄날의 작은 새를 낳는 유일한 지성과 분리되어 있다고 생각하지 않는다면, 그것은 새로운 것들이 자라도록 사랑으로 도울 것입니다.

당신의 고난의 냄새는 죽음이 아니라 삶의 냄새이며, 당신의 끔찍한 실패가 아니라 당신의 놀라운 살아 있음을 나타냅니다. 그래요, 그래요, 당신은 살아 있고 민감하며, 모든 것을 느낍니다!

더러운 사랑

깨어 있다는 것은 언제나 모든 일에 '괜찮다'거나, 언제나 '두려움이 없다'거나, 언제나 '편안하다'는 등 '언제나' 어떠하다는 뜻이 아닌데, 왜 현재의 경험에 그렇게 무거운 요구를 할까요? 왜 조건 없는 것에 조건들을 붙이며, 그 조건들은 누구의 조건일까요? 왜 간접적이고 한시적인 이미지에 맞춰 살고 싶어 할까요?

다행히도, 참된 당신은 깨어남이 '어떻게' 보여야 한다는 어떤 이미지에 맞춰 살 필요가 없습니다. 당신이라는 바다의 무수히 많은, 끊임없이 움직이는 물결들은 살아 있기에 '언제나' 어떠할 수는 없습니다. 물결들은 춤추고 놀기를 좋아하며, 자연히 일어나서, 자취를 남기지 않은 채 자연히 사라집니다. 이렇다는 것을 알아차리면 '다음 경험'을 찾는 지친 추구자들에게 깊은 안도감이 시작됩니다.

삶은 '삶'이 어떠해야 한다는 당신의 생각에 들어맞을 필요가 전혀 없으며, 삶이 그 중심에서 매우 평온한 것은 그 때문입니다. 현재의 경험이 지금 이대로와 달라야 할 필요는 전혀 없습니다. 그저 '이것'—현존하는, 완전한, 텅 비어 있으며 가득한—만이 있을 뿐입니다.

하지만 지성적이고 분별력 있는 독자 여러분, 본래 내재하는 이 완벽함은 거리 두기나 무관심 같은 것이 아닙니다. 그 반대입니다! 그것은 '그냥 내버려 두는 것'이나 '아무것도 하지 않기'를 하는 것이 아니며, 듣는 사람에게 '나는 없다'라고 설교하는 것이 아닙니다. 정신적인 결론이나 남에게 배운 믿음도 아니며, 아픔을 차단하는 방법도 아닙니다.

그것은 현재의 경험에서 무엇(생각, 감각, 느낌)이 일어나든, 아무리 극심하거나 예상치 못한 것이라도, 이 방문객들이 당신 안에 잠시 머물 집을 가지고 있으며, 그들이 당신 자신의 사랑하고 분리될 수 없는 물결로서 환영받는다는 것을 보는 것이고, 존재 방식이며, 살아 있는 태도에 가깝습니다.

사랑은 더는 멋진 관념이 아니라, 살아 숨 쉬는 실시간 현실입니다. 시인들과 현자들의 말이 맞습니다. 폭력의 끝은 바로 당신 안에 있습니다. 그리고 이 창조적이고 자비로운 곳에서 우리는 '내 삶'의 모든 이야기와 꿈, '삶이 어떠해야 한다'는 모든 이야기와 꿈이 떨어져 나가도 그 어느 때보다 더 삶에 참여하고, 그 어느 때보다 더 생생하게 살아 있습니다.

이 사랑, 이 깊고 늘 현존하는 침묵은 당신 자신이며, 너무나 광대하여 모든 것을 삼켜 버립니다. 이 사랑, 이 침묵은 사랑이 어떠해야 한다는 이미지에 관심 두지 않습니다. 남에게 잘 보이려 하지 않으며, 보답이나 인정을 바라지도 않습니다. 초월적인 척, 두려움이 없는 척, 아픔을 넘어선 척하지 않으며, '영적'이나 '깨달음'이라는 단어가 필요하지 않으며, 모든 것 위에 있는 것처럼 행동하지도 않습니다. 우회도, 교묘한 수법도, 자기를 무감각하게 만드는 방법도 알지 못합니다. 그것은 자기의 손을 더럽힙니다.

그래요, 이것은 더러운 사랑입니다. 사랑받지 못하고 원치 않고 충족되지 않은 것은 그것의 손톱 밑에 박힙니다. 그것은 예쁜 자녀만이 아니라 자기의 모든 자녀를 원합니다. 그것은 우리가 언제나 갈망했던 어머니, 아버지, 연인, 스승입니다. 그것은 사랑합니다. 그것이 아는 것은 사랑뿐이기 때문입니다. 그것은 이곳에 있기 위해서라면 뼈가 부서지도록 일할 것입니다.

우리가 두려움이 없는 척, 인간의 관심사를 초월한 척하는 까닭은 두려워하기 때문입니다. 우리가 평화롭고 개의치 않는 것처럼 행동하는 까닭은 내면에 폭풍이 있기 때문입니다. 우리가 분노를 얼마나 초월했는지를 다른 사람들에게 보이려 노력하는 까닭은 분노가 여전히 우리 안에서 들끓으며 충족되기를 갈망하기 때문입니다. 우리가 사람들 앞에서 완벽한 영적 지식을 과시하는 까닭은 자기의 완벽하고 은밀한 의심을 감추기 위해서입니다.

누가 가장하기를 멈출까요? 누가 삶의 '그림자'를, 오해받은 삶의 '어두운 면'을, 본래 부정적이거나 죄가 있거나 어두운 게 아니라 단지 방치되고 버려져서 집으로 돌아오기를 갈망하는 우리 자신의 그런 물결들을 만날까요? 누가 삶의 고아들을 만날까요? 누가 알지 못하는 기쁨을 위해 자기의 이미지를 희생할까요?

더는 어떤 사람—'깨달은 자', '아는 자', '행복한 경험자', '영적 전문가—인 척하지 않아도 되고, 대신에 더 깊은 수준에서는 우리 자신이 바로, 늘 '사라져야 한다'고 생각했던 '경험의 집 잃은 부분'들을 위한 집이라는 것을 알게 되면, 매우 안도하게 됩니다.

우리가 원치 않은 자녀들은 우리 안에서 참으로 자유롭게 마음껏 나타날 수 있기 전에는 사라질 수 없습니다. 그리고 그들이 진정으로 자유로워지면, 누가 그들이 사라지기를 바라겠습니까? 그들은 이제 우리가 원하지 않는 존재가 아닌데, 무슨 문제가 있을까요? 우리 자신인 이 광대함 안에서는 우리가 원하지 않는 존재도 필요합니다. 공간은 충분합니다.

깨어남 너머에는 모든 것을 일어나는 대로 맞이하는 이 은혜, 이 설명할 수 없고 가슴 아픈 영원한 환영(歡迎)이 있습니다. 더이상 더럽혀질 수 없을 때까지 자기를 더럽힘으로써 사랑은 자기를 정화합니다.

완벽함은 잊어버리세요

언제나 '잘'하려고 애쓰지는 마세요.

최선을 다하고, 엎어지고, 다시 일어나고, 다시 쓰러지고, 완전히 망쳐 버리고, 믿기지 않을 정도로 실패하고, 비웃음당하고, 조롱받고, 놀림당하고, 심지어 십자가에 못 박히고, 내 것이라고 생각했던 것을 잃어버리기를!

그리고 이 모든 혼란을 껴안고, 꿈에 대해 죽고 그것의 현실로 깨어나며, 그것의 완벽한 불완전함을 사랑하고, 그 모든 것에 가슴을 활짝 열고, 그 모든 것에도 불구하고 자기의 진실을 계속 살아가며, 성스러운 순간순간을 두려움 없이 열린 눈으로 만나기를!

당신은 '잘'할 수 없고, 그러므로 '잘못'할 수도 없으며, 그 둘의 너머에 삶의 현장이 있습니다…

아버지의 밭에서

아버지의 밭에 서서
그분의 갈망을 느꼈습니다.
이름 붙일 수 없는 무엇에 대한

어머니의 오래된 방에서
빈 침내 옆에서
그분이 꿈꾸던 곳에서
그분의 여린 마음을 느꼈습니다.
그 마음을 열 수 있었던 용기를

동생 집에서
벗겨지는 벽지 옆에서
아직 다 갖추어지지 않은 방에서
나는 마침내 이해했습니다.
왜 그가 이해하지 못했는지를
그리고 울었습니다

아버지, 어머니, 형제여

여러분은 나와 같지 않으셨나요?

끊어진 원을 이으려 하던?

해결책을 찾고 있던?

이제, 마침내, 원은 끊어지지 않았습니다

이제, 마침내, 우리는 만납니다

우리는 그리 다르지 않습니다

당신과 나는

3월

모든 것은 환상일 뿐이고

있는 그대로 완벽하며

좋음이나 나쁨,

받아들임이나 거부와는 아무 관계가 없으니,

한바탕 웃음을 터뜨려도 좋으리!

_롱첸파

보편적 사랑

태어나기 전에, 5살, 49살, 84살이 되기 전에, 죽기 전에
학생이기 전에, 교사이기 전에, 예술가, 상점 주인, 의사, 승려, 사제, 농부, 과학자, 영적 구도자이기 전에
기독교인이나 불교인이기 전에
선하거나 악하기 전에, 옳거나 그르기 전에
성공한 사람이나 실패한 사람이기 전에
깨닫거나 깨닫지 못하기 전에
남자이거나 여자이기 전에
이 몸이나 저 몸이기 전에
누구이기 전에
'아는 사람'이기 전에
'모르는 사람'이기 전에
이것이나 저것이기 전에
어떤 무엇이기 전에
나는 있습니다.

나는 모든 것을 허용하는 이 '아무것도 아님'이며,

이 활짝 열린 공간입니다
한계 없는, 이해할 수 없는,
모든 생각, 감각, 느낌이 바다의 물결처럼
그 안에서 일어나고 가라앉는,
늘 현존하는,
변하지 않는.

I Am.[*]
삶 자체.
이 불가사의.
창조, 파괴.
드넓은 하늘에서 갑자기 퍼붓는 폭우처럼…

나는 태어났습니다. 절대적인 것은 상대적입니다. 시간. 공간. 확장. 수축. 나는 숨을 들이쉬고 내쉽니다. 나는 어머니의 젖을 먹습니다. 나는 5살, 49살, 84살입니다. 나는 성장하고 배웁니다. 나는 학생, 교사, 예술가, 무용수, 상점 주인, 의사, 신비가, 승려, 사제, 농부, 과학자, 모험가, 살인자, 도둑입니다. 나는 남자입니다. 나는 여자입니다. 나는 게이, 이성애자, 흑인, 백인, 부자, 가난한 사람, 사랑받는 사람, 사랑받지 못하는 사람입니다.

나는 모든 어머니, 모든 아버지, 모든 아들, 모든 딸입니다. 나는 고

* 나 자신. 현존.—옮긴이

대 로마의 모든 노예입니다. 나는 콜카타[*] 거리의 모든 어린아이입니다. 나는 모든 죽어가는 태양입니다. 모든 별의 탄생입니다.

나는 아무것도 아니지 않고는 어떤 것일 수 없습니다.

나는 있는 모든 것이지 않고는 없음일 수 없습니다.

이것이 십자가에 못 박힘과 부활입니다.

이것은 이해를 넘어선 사랑입니다.

이것이 우주의 심장 박동입니다.

나는 그것입니다.

---

* 인도의 도시.— 옮긴이

비통함을 만나는 법

나는 아주 가까운 사람을 갑자기 잃은 친구와 얘기하고 있었습니다. 그의 가슴은 갈기갈기 찢겨 있었습니다. 그는 마치 살갗이 까진 채로 노출된 것 같고, 보호받지 못하고, 취약하며, 답이 없다고 느꼈습니다. 탄생과 죽음, 갑작스러운 상실이라는 미스터리를 이해할 수 없고, 상투적인 말로는 자기를 위로할 수 없다고 느꼈습니다.

왜 사랑하는 사람이 하룻밤 사이에 사라져 버리는 것일까? 왜 그런 아름다움이 그렇게 빨리 사라지는 것일까? 왜 그런 아픔이 있고, 그런 은혜가 있는 것일까?

답을 찾기 위해 그는 이 시대의 영적 스승들을 찾아다녔고, 스승들은 그에게 실상에 관해, '저 너머'에 무엇이 있는지 없는지에 관해 강의했습니다. 한 스승은 윤회에 관해, 다른 스승은 꿈이 없는 깊은 잠이라는 경험 없는 경험에 관해, 다른 스승은 죽음 이후 영혼의 여행에 관해, 다른 스승은 오염되지 않은 순수 의식의 순수한 완전함에 관해 강의했으며, 다른 스승은 그의 질문들을 듣고는 그저 웃어 버려서 그가 깨닫지 못한 바보처럼 느껴지게 했습니다. 어떤 대답도 그의 찢긴 가슴에 와닿지 않았습니다.

이 맹렬한 불길 속에 있는 그를 만나 줄 사람은 누구일까요? 그의 타는 듯한 아픔과 꿈의 상실을 알아줄 사람은 누구일까요? 단 한 순간이라도 강의를 멈추고, 자신이 진실이라고 알거나 믿는 것을 말하지 않고, 그저 그를 있는 그대로 만나 줄 사람은 누구일까요? '영적 전문가'나 '완벽한 스승'이라는 역할 뒤에 숨지 않고, 단 한 순간이라도 그와 함께 가슴이 찢기도록 허용할 사람은 누구일까요? 기꺼이 그렇게 방어하지 않고, 그렇게 취약한 상태로, 이미지의 상실과 삶에 그렇게 열려 있으려 할 사람은 누구일까요?

친구들이여, 답을 아는 척하는 짓을 그만둘 준비가 되었나요? 영성계의 상투적인 표현('자아는 없다', '아무도 죽지 않는다', '모든 것이 완벽하다', '오직 하나임뿐이다')을 끊임없이 되뇌는 행위를 끝낼 준비가 되었나요? 이제는 이 비이원성이라는 꿈에서 깨어날 때가 아닐까요? 이제는 우리의 이 마지막 목발을 내려놓고, 날것 그대로의 연약하고 귀중한 존재의 진실을 가로막는 이 마지막 장벽들을 내려놓고, 우리 앞에 있는 사람을 진정으로 만나야 할 때가 아닐까요?

왜냐하면 방금 세상을 떠난 사람은 우리의 아들, 딸, 어머니와 아버지, 남편, 아내, 사랑하는 친구이기 때문입니다. 우리는 그저 늘 우리 자신을 만날 뿐이며, 그들이 그렇듯이 우리도 가슴이 아플 뿐입니다. 답을 찾기 위한 움직임은 필요하지 않습니다. 윤회, 업보(카르마), 영혼의 여행, 사후세계의 존재 여부에 관해 전해 들은 공식은 여기에서는 통하지 않을 것입니다. 스승도, 제자도, 개인의 특별함도 이 친밀함의 용광로에서 살아남지 못할 것입니다.

찢긴 가슴에는 강의가 필요하지 않습니다. 그러니 지금 만납시다.

비

무엇이 더 안 좋은가요?

떨어지는 비인가요,

아니면 젖는 데 대한 저항인가요?

바뀌는 바람인가요,

아니면 바람에 맞서 싸우는 것인가요?

자라는 풀인가요,

아니면 풀이 더 빨리 자라야 한다는 당신의 요구인가요?

이 순간인가요,

아니면 이 순간에 대한 당신의 거부인가요?

삶이 당신을 '적대'하지 않을 가능성에 관해 숙고해 보세요.

당신이 바로 삶입니다.

오직 연결

죽음을 맞이할 때, 그동안 이긴 모든 논쟁에 관심을 둘까요? 자신이 얼마나 '옳은' 사람인지 또는 얼마나 '깨달은' 사람인지를 다른 사람들에게 증명한 모든 시간을, 이 순간까지 살아오면서 쌓은 모든 지식을 여전히 신경 쓸까요? 돈을 얼마나 벌었는지 벌지 못했는지, 또는 물질적, 영적, 사회적 사다리를 얼마나 올라갔는지를 여전히 생각할까요?

아니면, 지금 이 순간만이 중요할 수도 있습니다. 매 호흡이라는 은혜만이, 삶 자체의 귀중한 연약함과 삶이 존재했다는 것에 대한 감사만이….

오래전 어린 시절에 꾼 크리스마스 선물을 받은 꿈처럼, 아마도 당신은 삶이 제공한 선물의 크기나 모양, 금전적 가치를, 또는 선물이 무엇으로 포장되었는지, 또는 누가 당신보다 더 크거나 좋은 선물을 받았는지는 기억하지 못할 것입니다. 아마도 선물을 주고받을 때의 사랑과 갈망, 희망만을 기억할 것입니다.

그것은 오직 연결에 관한 것이었습니다.

받아들이는 스크린

영화에서 어떤 일이 일어나도 영화 스크린은 영향을 받지 않습니다. 주인공이 나이가 들어도 스크린은 나이 들지 않습니다. 스크린 위에서 시간이 지나도 스크린에는 시간이 지나지 않습니다. 주인공이 죽어도 스크린은 그대로 살아 있고 줄어들지 않습니다. 영화가 끝나도 스크린 자체는 끝나지 않으며, 다음 영화가 무엇이든 그 영화—코미디, 공포, 로맨스, 1912년의 무성 영화, 2014년의 3차원 블록버스터 등—를 위해 열려 있을 뿐입니다.

스크린은 영화든 영화가 아니든 모든 것을 조건 없이 받아들입니다. 스크린은 영화와 싸우지 않으며, 영화에 집착하지도 않습니다. 스크린은 본래 그렇게 만들어졌고, 그것이 스크린의 본성입니다. 스크린은 이름도 없고 나이도 없고 정체성도 없지만, 영화의 멋진 정체성들이 퍼레이드를 펼치도록 허용하며, 아무 대가도 바라지 않습니다.

스크린은 관객들에게 거의 인식되지 못하고 무시될 때가 많지만, 삶의 상대적인 춤에 절대적으로 필요합니다. 스크린은 순수한 사랑이며, 반대되는 것이 없는 순수한 받아들임입니다. 그것은 당신입니다.

궁극의 희생

당신의 가장 깊은 진실을 말하세요. 설령 그로 인해 자존심, 지위, 자기 이미지, 심지어 삶의 방식까지 모든 것을 잃는 한이 있어도.

거짓말과 반쪽짜리 진실의 삶, 말하지 않은 것들이라는 짐에 짓눌린 삶은 결국 자신과 주변 사람들을 질식시킬 것입니다.

진실한 존재를 위해 모든 것을 포기하세요. 당신이 잃을 수 있는 것은 꼭 필요하지 않은 것들뿐이라는 것을 아세요.

나의 길

삶이 언제나 '나의 길'[*] 로 가는 것은 아닙니다.
하지만 '나'는 '나의 길'로 가지 않는 삶을
방해하지 않습니다.
그래서 삶은 언제나 나의 길로 갑니다.

나는 삶의 길입니다.
삶이 어느 길로 가든, 나는 갑니다.

내가 삶의 길에서 분리될 수는 없습니다
삶이 곧 길입니다.
그래서 '길'은 없습니다.

삶이 언제나 '나의 길'로 가는 것은 아닙니다.
하지만 '나'는 방해하지 않습니다.
그래서 삶은 언제나 나의 길로 갑니다.
그러지 않을 때도.

---

* 내가 바라는 길, 내가 바라는 방식, 내 뜻. – 옮긴이

이미지 너머

누가 나에 관해 무슨 말을 하든 나는 그 말에 담긴 진실을 발견합니다. 그래서 그 누구도 나의 마음속 적이 될 수 없습니다. 누가 나를 사기꾼이라고 하면, 그런 진실을 발견할 수 있습니다. 나를 거짓말쟁이라고 하면, 그런 진실을 발견할 수 있습니다. 나를 끔찍한 실패자라고 해도, 그런 진실을 발견할 수 있습니다. 나를 불합리하고, 무책임하고, 무지하고, 망상에 빠져 있고, 자아로 가득하고, 전혀 깨닫지 않았고, 세상에서 최악의 인간이라고 해도, 나는 그 모든 말에 담긴 진실을 발견할 수 있습니다.

당신도 그렇듯이 나는 무한한 의식의 바다이며, 늘 현존하고 영원히 자유롭습니다. 모든 생각, 모든 감각, 모든 감정, 모든 느낌, 모든 이미지, 모든 꿈, 모든 소리, 모든 냄새, 모든 연약하며 가녀린 거미줄 같은 모습들, 일시적이고 아름다운 것들이 나의 끝없는 포옹 안에서 물결처럼 오고 갑니다.

의식인 나는 숨길 것도 없고, 잃을 것도 없고, 보호해야 할 이미지도 없으며, 방어해야 할 것도 없습니다. 그 무엇도 참된 나를 위협할 수 없기 때문입니다. 모든 것이 내 앞에서 춤을 춥니다. 가능한 모든 측면의 경험이 나에게 주어질 수 있고, 내 안에서 보이고 수용되며, 그래서 나는 모든 인류, 그리고 그 너머와 깊이 연결되어 있습니다. 이러한 인식은 전쟁의 진정한 끝이고, '나'라는 신기루를 보호하는 노력의 끝이며, 거짓을 위한 방어의 끝입니다.

다음에 다른 사람이 당신에 관해 평가하는 말을 듣고 불편한 감정이 일어나면, 자신에게 이렇게 물어보세요. "내가 무엇을 방어하고 있는가? 나의 이미지인가? 내가 지금 그 이미지를 알아차릴 수 있다면, 그것이 정말 참된 나 자신일 수 있을까?" 이 질문은 상상할 수 없는 평화를 여는 열쇠입니다.

당신에게 어떤 식으로든 솔직한 피드백을 제공한 모든 사람에게 감사하세요. 그들은 모두 당신의 스승입니다.

또 하나의 하루

잠시 멈추고 이 점을 생각해 보세요. '당신에게 이 땅에서 또 다른 하루가 주어졌습니다.'

오늘 당신의 가슴이 백만 개의 조각으로 산산이 부서지도록 놓아두세요. 가슴이 그러기를 원한다면…. 오늘 눈물이 나면 울도록 허용해 보세요. 오늘 상처받기 쉬운 연약함이 찾아오면, 연약함을 느껴 보세요. 삶의 모든 것이 당신을 통과하게 허용해 보세요. 오늘 그것들이 움직이면….

어떤 맛. 어떤 봄. 한 번의 호흡. 사랑하는 사람의 부드러운 손길. 생생히 살아 있는, 익숙한, 갑자기 고조되는 기쁨이나 아픔. 오늘은 가장 작고 '하찮은' 일들, 심지어 감사할 가치도 없어 보이는 것들한테까지도 감사하는 날입니다.

오늘은 '그저 또 하나의 하루'가 아닙니다. 오늘은 당신의 첫날이자 마지막 날입니다. 당신이 태어나는 날이자 죽는 날입니다. 당신의 유일한 날입니다. 당신이 갈망하던 은혜의 날입니다.

헌신

미래에 구원해 준다는 약속을 믿으며 이 순간을 버리고 떠나고 싶을 때, 그럴 때도 그저 바로 지금 표현하려고 하는 날것 그대로의 생명 에너지, 걸러지지 않은, 무한히 살아 있는 그 에너지와 함께 앉아서 머무르면, 어떤 일이 일어날까요?

우리의 아픔, 두려움, 의심, 불편함, 비통함, 찢긴 가슴, 심지어 무감각함을 바꾸거나 고치거나 무감각해지거나 어떤 식으로든 없애려고 하지 않으면서 잠시라도 그것과 함께 머물러 있으면, 어떤 일이 일어날까요?

떠나 버리고 싶은 모든 충동에도 불구하고, 우리의 모든 불편함이나 비통함에 관해 아무것도 하지 않고, 모든 기만과 책략과 교묘한 조작을 버리고, 대신에 지금 여기에 있는 것을 깊이 인정하고, 그것에게 인사하고, 그 존재를 존중하고, 그것의 더 깊은 부름을 경청하고, 그것의 신비 속으로 가라앉기 시작하면, 어떤 일이 일어날까요?

지금 이 순간이 텅 빔 가운데 춤을 출 때, 이 순간을 외면하지 않겠다고 굳게 마음먹으면, 어떤 일이 일어날까요?

우리에게 주어진 고통은 실제로는 한순간일 뿐 그 이상은 아니지만, 생각은 그 고통을 시간에 투사하여 '나의 과거와 미래의 고통'이라는 이야기를 지어내고, '평생에 걸친 고통과의 투쟁'이라는 장편 서사 영화로 만들려고 합니다. 그러나 삶 자체는 한순간일 뿐이며, 우리는 언제나 시간 자체를 벗어나 있습니다. 우리는 지금 이 순간 일어나는 날것의 생명 에너지를 직접 만날 수 있을까요? 그것이 문제입니다.

그리고 누가 삶을 만나나요? 애당초 지금 여기에 삶과 분리된 사람이 있나요? 이 문제에 선택의 여지가 있나요? 그저 모든 경험과의 친밀함만 있지 않나요? 궁극의 만남은 이미 일어나고 있지 않나요? 의식의 바다인 나는 이미 나 자신의 물결들, 생각, 감각, 감정의 물결들과 전혀 분리될 수 없지 않나요? 나는 이미 이런 나 자신의 자녀들, 내 피와 내장의 이 사랑하는 표현들에 이미 완전히 헌신하고 있지 않나요? 이것은 먼 옛날부터의 헌신이 아닌가요?

그러므로 우리가 구체적인 경험과 두려움 없이 접촉하기 위해 애써 노력해야 하는 것은 아닙니다. 그것은 이미 우리 자신인 먼 옛날부터의 헌신을 기억하는 것에 더 가깝습니다. 우리 존재의 깊은 곳에서 우리는 이미 여기에 있음에 완전히 헌신하고 있습니다. 우리 자신인 이 먼 옛날부터의 헌신을 잊을 때, 우리는 고통받으며 집으로 돌아가기를 갈망하고 추구합니다.

우리의 비통함이 속삭입니다. "내게로 오세요. 잠시만이라도. 두려워하지 말고. 나는 당신으로 이루어져 있어요."

우리는 대답합니다. "하지만 어떻게 가야 할지 모르겠어요."

"그럼 내가 당신에게로 갈게요. 두려워 마세요. 내가 갈게요."

무릎을 꿇고

삶은 결국 당신이 무릎을 꿇게 할 것입니다.

당신은 우주를 저주하며 무릎을 꿇고 다른 삶을 살게 해 달라고 애원하거나, 아니면 감사와 경외감에 무릎을 꿇고 자신에게 주어지는 삶을 깊이 받아들이며 그 모든 것의 아름다움에 압도되어 서 있지도, 말하지도 못할 것입니다.

어느 쪽이든 무릎은 똑같습니다.

거룩한 땅에서

그들은 말합니다
신의 얼굴을 보게 되면
견디지 못할 것이라고
그 빛에 눈이 멀어 버릴 것이라고

그 뒤* 나는 천 번이나 죽었고
존재의 화형대에서 불타 버렸으며
내 모든 이미지가 녹아내렸습니다

그조차도 진실일 수 없습니다.

나는 '신'이라고 말하지만 웃을 수밖에 없습니다 –
그 단어는 모든 의미를 잃었습니다
신은 은유일 뿐입니다

이 연약한 생명이라는 선물의,

---

* 신의 얼굴을 본 뒤. – 옮긴이

반복될 수 없는 이 귀중한 순간의,
형언할 수 없는 이 의식의,

낯선 사람의 얼굴에 보이는 낯익은 표정의,
얼어붙은 겨울 나뭇가지들의,
내딛는 발걸음 하나하나의

거룩하지 않은 땅은 없습니다

나환자와 사랑에 빠지는

깨어남은 목표가 아니며, 정해진 목적지로 가는 잘 닦인 길도 아닙니다. 깨어남은 개인의 성취가 아니며, 책을 많이 읽은 편안한 철학자들만의 폐쇄적인 클럽도 아닙니다.

그것은 위험합니다. 그것은 나환자들과 미친 듯이 사랑에 빠지는 것입니다. 그것은 불가사의한 물속으로 뛰어드는 것입니다.

조용한 의도

이제는 눈앞에 있는 사람을 '고치려는' 시도를 멈추고, 그들에게 답을 주거나 그들의 문제를 해결해 주려는 시도를 멈출 때인지도 모릅니다. 친구여, 당신은 그런 일에 그리 능숙하지 않습니다. 당신의 본성은 조작이 아니라 현존이며, 분열이 아니라 온전한 전체입니다.

이제는 모든 것을 아는 권위자, 오류 없는 스승, 완전히 치유된 전문가인 척하는 것을 그만두어야 할 때인지도 모릅니다. 아무리 좋은 의도일지라도 당신은 그들의 자연적 치유 과정을 자신도 모르게 방해하고 있을지도 모릅니다. 그들이 당신에게 계속 의존하게 만들고, 자기의 직접 경험을 깊이 신뢰하지 못하도록 방해하고 있을지도 모릅니다.

기억하세요. 그들은 나아진다고 느끼기 전에 더 나빠진다고 느낄 필요가 있을지도 모릅니다. 진정한 치유의 원천에 마음을 열기 전에 고통을 더 깊이 느낄 필요가 있을지도 모릅니다. 그들은 진정으로 살기 전에 자기 자신이라고 생각했던 사람에 대해 죽을 필요가 있을지도 모릅니다. 그들에게도 그렇고, 당신에게도 그렇습니다.

그러니 편안히 이완하세요. 숨을 쉬세요. 드라마에서 빠져나오세요. 그들을 바꾸거나 고치거나 심지어 평온하게 해 주고 싶은 욕구를 알아차리세요.

이제 판단 없이 경청하고, 그들이 현재 어떤 상태에 있는지 이해하려고 해 보세요. 그들의 입장에 서 보세요. 눈앞에 누가, 무엇이 있는지 분명히 보세요.

지금 당신이 줄 수 있는 가장 큰 도움은 아마도 깨끗한 마음과 판단하지 않는 관심, 즉 본연의 자비심일 것입니다. 그 마음을 전하고, 그 현존으로 있으면서, 열려 있으세요. 아직 태어나지 않은 해결책에 마음을 활짝 열어 두세요. 삶의 기이한 진행 방식을 신뢰해 보세요. 조용히 의도만 품고 있다 보면, 알맞은 말과 행동, 개입, 결정이 노력 없이 저절로 이루어질 것입니다.

도망치지 않음으로써 그들의 순간이 거룩해지게 하세요. 현존할 수 있는 그들의 능력을 거울처럼 비추어 주세요. 아주 오래된 신비를 신뢰해 보세요.

아마도 참된 약은 '당신'이 비켜설 때 활발하게 작용할 수 있을 것입니다. 그래요, 약물과 좋은 조언은 증상을 가라앉히거나 없앨 수도 있겠지만, 더 깊은 영적 치유로의 초대는 표면 바로 밑에 숨어 있을 수 있습니다.

4월

말을 사용하지 않는 목소리가 있습니다.

들어보세요.

_루미

예상치 못한 소식을 들었을 때

예상치 못한 소식을 듣습니다. 가슴이 덜컥 내려앉습니다. 마음은 삶이 어떻게 '될 수 있었다'거나 어떻게 '되어야 했다'라는 온갖 그림을 투사합니다. 삶이 잘못되어 버린 것 같고, 꿈이 죽어가는 것 같고, 내 것이었던 무언가를 잃어버린 것 같습니다. 그 모든 것이 너무 잘못되고, 너무 불공평하고, 너무 잔인해 보입니다.

당신은 잃어버린 것, 지금 여기에 없는 것, 사라져 버린 것, 다시는 돌아오지 않을 것에 관심을 쏟기 시작합니다. 그럴 때는 집에 있는 것 같은 편안함을 더는 느끼지 못합니다. 단절되고 고립되고 분리된 느낌이 들고, 다시 평화로워지고 다시 안정된 평형 상태를 찾으려면 어떤 외부 환경을 바꿔야 할 것 같다고 느낍니다.

하지만 잠깐만요. 삶이 '어떠해야 했다'는 꿈 말고는 아무것도 죽지 않았습니다. 삶은 그렇게 되지 않았습니다. 지금은 아닙니다. 지금은 이렇게 되고 있습니다.

어쩌면 이 우주에는 잘못된 것이 전혀 없고, 이 순간은 실수가 아니며, 두려워하거나 거부해야 할 적이 아니라, 여기에서 존중하고 껴안아야 할 친구인지도 모릅니다.

빠져 있는 것, 사라진 것, 잃어버린 것에 초점을 맞출 때, 우리는 길을 잃었다고 느끼고, 집을 그리워하며, 기반을 잃고, 근원에서 분리되고, 자신이 분열되었다고 느낍니다. 그런데 '분열된 집은 유지될 수 없습니다.' 끝없는 결핍의 이야기는 지금 이 순간에 대한 저항에서 시작됩니다.

우리가 여전히 여기에 있는 것, 떠난 적이 없는 것, 언제나 여기에 있는 것에 초점을 맞출 때(우리가 진정 누구인지를, 현존 자체라는 것을 기억할 때), 근본적인 것은 아무것도 잃지 않았다는 것을 알게 됩니다. 우리는 다시 집에 돌아왔다고 느끼며, 충격적인 소식들 가운데서도 정렬됨을 느낍니다.

어쩌면 그 소식은 전혀 실수가 아니었을지도 모릅니다. 어쩌면 그것은 다시 정렬하고, 이 순간을 향해 눈을 돌리고, 심호흡을 하고, 우리가 누구인지를 기억하라는 또 하나의 초대였는지도 모릅니다. 한 번도 잃어버린 적이 없는, 한 번도 없었던 적이 없는, 한 번도 진정으로 잊힌 적이 없는, 한 번도 떨어진 적이 없는 우리의 참된 자기를 기억하라는 초대. 그것은 우리의 평화, 기쁨, 흔들리지 않는 힘, 거센 폭풍우 속에서도 깊이 뿌리내린 나무입니다.

삶의 포옹

삶의 상황이 완벽할 필요는 없습니다. 당신이 늘 행복할 필요는 없습니다. 늘 확신하거나 옳을 필요는 없습니다. 늘 평화로울 필요도 없고, 늘 즐거울 필요도 없습니다.

사실, 당신은 아무것도 될 필요가 없습니다. 왜냐하면 당신은 모든 것이며, 당신 자신인 드넓고 변하지 않는 존재의 바다 안인 여기에는 모든 것을 위한 공간이 있기 때문입니다. 그 바다는 모든 경험의 물결이 일어나고 사라질 때 그 모든 물결에 완전히 열려 있습니다.

고정된 것은 아무것도 없는 세계, 모든 가장자리와 경계가 무너지고 해체되고 모호해지는 세계, 늘 변하는 가녀린 거미줄 같은 세계에서 당신은 고요함이라는 배경입니다. 당신은 모든 것이 사라졌을 때 남아 있는 것입니다. 심지어 "모든 것이 사라졌다"라는 생각과 "나는 남아 있는 것이다"라는 생각까지 사라졌을 때도….

무엇이 이 모든 것을 수용하고, 이 모든 것을 허용할까요? 의심될 수 없는 것, 심지어 의심이 있어도 의심될 수 없는 것은 무엇일까요? 바로 지금 누가 이 글을 읽고 있나요? 누구 또는 무엇이 이 글을 이해하려 하나요?

이것은 마음의 완벽함이 아니고, '완벽한 삶'이나 '완벽한 몸', '완벽한 경험'이 아니고, 심지어 '완벽한 순간'조차 아니며, 이 모든 것을 정확히 있는 그대로 품는 절대 포옹인 완벽함입니다. 이미 당신 자신인 완벽한 포옹입니다.

가장 치열한 은혜

저는 죽어가는 친구와 이야기를 나누고 있었습니다. 그는 호흡 곤란을 겪고 있었고 통증이 심했습니다. 그는 그런 통증에도 불구하고, 설명할 수는 없지만 어떻게 모든 것이 완벽한지를 말하고 있었습니다.

피를 흘리고, 밤에 잠 못 이루고, 움직일 수 없는 상황에서도 평온한 자리를 찾았다고 했습니다. 자신을 '죽어가는 사람'으로 보는 이야기에서 벗어난 자유의 자리. 미래에 대한 모든 꿈과 희망에서 벗어난 자유의 자리, 그리고 모든 것을 있는 그대로 수용하는 깊은 받아들임.

삶은 더없이 단순해졌고, 이 순간이 지금 중요한 전부이며, 이제까지 중요했던 전부였습니다. 그는 말했습니다. "이 모든 일에도 불구하고 이 삶을 다른 어떤 삶과도 바꾸지 않을 것입니다."

이것은 책에서는 가르쳐 주지 않는 사랑이었습니다. 이것은 마음의 관념적인 사랑, 오고 가는 가벼운 사랑, 일들이 '내 뜻대로' 되는지 아닌지에 좌우되는 사랑이 아니었으며, 조건 없는 사랑, 피와 땀의 사랑이었고, 파괴할 수 없는, 현존의 용광로에서 영원히 스스로 새로워지는, 그 앞의 실재하지 않는 모든 것을 산산조각 내 버리는,

이름 없는 치열한 불굴의 은혜였습니다.

통증은 내 친구의 마지막 스승이었고, 그 가르침은 잔인하고 예상치 못한 것이었지만, 결국은 그의 완전한 영적 자유, 죽음이 없고 영원한 그의 무한한 본성을 가리켜 주었습니다.

부서질 수 없는

무너지면 안 되나요? 무너지는 건 잘못된 것인가요?

아무것도 남지 않을 정도로 완전히 무너져 버리면 어떨까요? 자기는 무너질 수 없지만 모든 무너짐을 깊이 허용하는 활짝 열린 '아는 공간'이 바로 당신 자신임을 인식하면서, 남은 삶 동안 계속 무너져 내리면 어떨까요?

그렇다면 그것을 정말 '무너졌다'고 할 수 있을까요?

철저히 무너진, 철저히 하나인.

정말로 원하는 것

당신은 원한다고 생각하는 것을 정말로 원하는 게 아닙니다
원함이 끝나기를 원할 뿐입니다
더는 아무것도 원하지 않기를
실존적으로 충족되고 완전하기를

하지만 그것도 또 하나의 원함이 아닌가요?
아마도 가장 큰 원함?

'원한다'* 는 것은 사실 '부족하다'는 뜻입니다
그래서 이제 질문이 바뀝니다.
당신에게 정말 부족한 것은 무엇인가요?
지금 이 순간 정말 부족한 것이 있나요?

생각은 '예'라고 말합니다
생각은 지금 당신에게 빠져 있는 모든 것을 나열합니다
생각은 어떤 물건, 사람, 경험이 이 순간을

---

* '원한다'는 뜻의 영단어 want에는 '부족하다'는 뜻도 있다. – 옮긴이

완전하게 해 줄 것이라고 조언합니다
생각은 언제나 추구하는 자입니다
생각은 언제나 비교합니다.
생각은 말합니다. "원하는 것을 얻으면
부족함은 영원히 사라지고
인생이 완성될 거야"

원하는 것을 얻어 봐! 더는 부족함이 없을 거야!

여기에 어떤 속임수가 있는지 보이나요?
당신이 정말 원하는 것과 거리를 두도록 완벽하게 설계된 메커니즘

참된 풍요란 무엇인가요?
그것은 원하는 것을 얻는 것이 아닙니다
결핍을 채우는 것이 아닙니다
지금 이 순간은 아무것도 부족하지 않음을 깨닫는 것입니다
지금 이 순간은 이미 가득합니다
보이는 모습과 소리와 냄새로
생각과 감정으로
상상 이상의 색깔과 모양으로

부족하다는 생각이나 느낌
'뭔가 빠져 있다'는 느낌은

실은 이 순간의 완전함 가운데 일부이지
그것에 대한 위협이 아닙니다
'지금'의 풍부함 가운데 일부이지
적이 아닙니다
당신 자신인 활짝 열린 광대한 공간에 찾아온 반가운 손님입니다
오랜 친구여, 차 마시러 오세요

부족한 것이 없는 공간
모든 것으로 가득하므로
가능성을 잉태하고 있는
잠재력으로 풍부한

마음은 평화를 '부재(不在)'와 혼동합니다
공간을 '비어 있음'과,
무한한 용량을 '부족함'과 혼동합니다
그리고 게임이 시작됩니다
반대되는 것들의 추구
목표들에 대한 갈망

당신은 원한다고 생각하는 것을 정말로 원하는 게 아닙니다
원하는 것을 얻어도 '당신'이 오래 만족하지 못하는 까닭은
그 때문입니다

당신의 참된 자기는 아무것도 '원하지' 않습니다
그것은 '부족'에 관해 들어 본 적이 없습니다
그것은 이미 이 순간에 만족합니다
그것이 바로 이 순간이기 때문입니다
정확히 있는 그대로

참된 풍요는 이것입니다:
시간과 변화 이전인
당신의 참된 자기를 기억하는 것

이것들은 우주의 비할 데 없는 풍요입니다:
호흡
살아 있다는 단순한 느낌

자신이 원한다고 생각한 것을 얻고
우주의 모든 물질적, 영적 재산을 얻는다 해도
그에 미치지 못합니다

아무것도 당신의 것이 아닐 때
모든 것이 당신의 것입니다

이 순간은 이상하고 예상치 못한 잭 팟[*]입니다

---

* jackpot. 복권, 도박 등에서 거액의 상금을 따는 일. – 옮긴이

끊임없는 종말

당신에게는 매일이 세상의 종말입니다. 매 시간, 매 분, 매 순간, 낡은 세계가 사라지고, 알려진 세계가 스스로 없어지고, 이전에 보지 못한 새로운 세계가 그 모든 신선한 모습으로 드러납니다. 진실로, 모든 순간은 꿈의 끝이며 새로움의 탄생입니다.

진실의 빛으로 보면, 삶은 끊임없는 종말이며 '지금 있는 것'으로의 끊임없는 깨어남입니다. 하지만 현재 상태를 잃을까 봐 두려워하고, 형상과 관념에 집착하는 분리된 자아는 '종말'을 시간 속으로 밀어넣고, 심지어 특정 날짜로 고정합니다. 그리고 그 날짜가 지나면 이 메커니즘은 새로운 날짜를 지정합니다. 그것은 그래야만 합니다. 항상 그랬습니다. 그것은 행동하는 추구자입니다. 환상에 불과한 자아에게는 세상의 종말이 언제나 '가까이' 있을 것입니다. 그것이 자아가 자기의 환상을 계속 유지하는 방법입니다. 자아는 자기의 드라마를 사랑합니다.

그리고 그동안 줄곧, 시간 밖에서 늘 현존하는 이 종말은 언제나 우리와 함께하면서 그 출현의 노래와 흔들리지 않는 진실을 감미롭게 노래했습니다.

멈추세요

삶의 상황에서 무슨 일이 일어나고 있든, 멈추세요.

지금 이 순간, 여기에 있는 것을 부드럽게 알아차리세요.

삶에 관한 결론, 과거와 미래에 관한 생각에서 빠져나와, 바로 지금, 바로 여기에 현존하는 감각, 감정, 생각에 관심을 기울여 보세요. 지금 여기에 있는 것, 살아 있는 것에 주목하세요. 현재의 경험(보이는 모습, 소리, 냄새)이 온 우주에서 가장 호기심을 불러일으키는 춤이, 더없이 매혹적인 춤이 되게 하세요. 당신은 마치 처음 보는 것처럼 세계를 보고 맛보고 만지고 듣고 있습니다. 이곳이 바로 당신의 에덴동산이며, 당신은 마침내 에덴동산으로 깨어납니다.

생각이 어떻게 늘 사물에 이름과 꼬리표를 붙이는지 알아차리세요. 자동차, 나무, 발. 생각은 심지어 당신이 느끼는 감정에도 이름을 붙입니다. '슬픔', '화', '두려움', '실망', '기대' 등등. 그런 다음 그것을 좋거나 나쁘다고, 옳거나 그르다고 판단합니다. 그 감정이 단어인가요? 판단이 감정인가요? 생각이 현실인가요?

이렇게 실험해 보세요. 그 감정을 '슬픔'이라고 부르는 대신, 그 꼬리표를 잠시 내려놓고, 몸 안의 그 생생한 감각에 깊이 잠겨 보세요. 배, 가슴, 심장, 목구멍, 뒤통수에서 느껴지는 감각을 깊이 느껴 보세요. 그것이 아직 슬픔인지도 모른다고 가정해 보세요. 그 이름 없는 생명 에너지가 당신 자신인 신성한 공간에서 자유롭게 춤추고 움직이도록 허용해 보세요.

그것을 '화'라고 부르는 대신, 그 무거운 단어를 내려놓고, 배, 가슴, 목에서 느껴지는 강렬한 날것의 감각을 직접 만나 보세요. 그 감각의 강렬함을 직접 느껴 보세요. 그 순전한 살아 있음을 느껴 보세요. 당신은 살아 있습니다! 당신은 살아 있어요! 생명이 막힘없이 움직이도록 허용해 보세요. 이러한 에너지의 파동은 당신이 허용하지 않아도 이미 허용되고 있음을 알아차리세요. 그것들은 생명이므로 허용됩니다.

그것을 '두려움'—또는 '지루함', '좌절감', '무력감'—이라고 부르는 대신, 그 간접적인 결론을 내려놓고, 몸에서 직접 느껴지는 날것의 감각을 직접 만나 보세요. 이 에너지가 정말 당신을 적대하고 있나요? 마치 이 에너지를 처음 만난 것처럼 그것이 달아오르고, 들끓고, 따끔거리고, 춤추고, 움직이게 허용해 보세요. 당신은 전에 이 에너지를 만난 적이 없습니다. 그것은 이 순간에 새로운 것입니다. 그것이 정말 생명에 위협이 될까요? 그것이 정말로 (이 순간이 어떠해야 한다는 '관념' 말고) 뭔가를 가로막고 있나요?

슬픔이라는 이름을 붙이지 않는다면, 슬픔이란 무엇일까요? 그것을 더는 '화'라고 부르지 않는다면, '화'란 무엇일까요? '두려움'이라는 단어 이전에, 두려움이란 무엇일까요? 우리가 역사 없이 이러한 생명 에너지와 깊이 만나면 어떤 일이 일어날까요?

무아(無我)를 위한 시

누가 이 신발을 신고 있었나요?

누가 이 발자취를 따라 걸어왔나요?

누가 이 아침 식사를 하고 있나요?

누가 이 말을 하나요? 누가 숨을 쉬나요? 누가 이렇게 움직이나요?

누가 행복의 산들과 완전한 환멸의 골짜기들을 다 경험했나요?

누가 심연으로 내려가 통과한 뒤

그 반대편으로 무사히 빠져나왔나요?

누가 아픔의 기쁨과 황홀경의 아픔을 다 겪었나요?

누가 열반과 삼사라, 형언할 수 없는 빛의 영역을 지나는 동안

나를 버리지 않았나요?

누가 그 아이, 사랑받지 못한 아이, 겁에 질린 아이,

죽어가는 아이의 손을 잡아 주었나요?

누가 사랑하는 자이자 사랑받는 자이며,

그 둘 사이 상상의 간극인가요?

누가 온 우주를 품에 안고 있나요?

누가 가장 친밀한 감각보다 더 가까운가요?

누가 답할 수 없는 이런 질문을 하고, 묻는 것을 즐기나요?
새벽부터 해질녘까지 들리는 음악은 누구의 음악인가요?
이 신발을 신는 것은 당신인가요?
이 죽어가는 숨을 불어넣는 것은 당신인가요?

내가 돌아갈 곳은 당신인가요?
내가 한 번도 떠난 적이 없는 곳은 당신인가요?

언젠가 당신을 찾아 당신에게서 도망쳤습니다.
이 신발로부터, 어떤 것들의 표면으로부터 도망쳤습니다.
'겉모습'에 불과하다고 여긴 모든 것으로부터 도망쳤습니다.
아침에 새롭고 신선한 하루로,
어떤 일이 일어날지 모르는 하루로
깨어나는 단순한 경이로움으로부터 도망쳤습니다.

이제 더는 도망치지 않습니다.
나는 이미 나 자신인 것을 더는 추구할 수 없고,
벗어날 수도 없습니다.
나는 파괴되고, 뒤집히고, 감사로 바뀌었으며,
애초에 왜 이 기적을 의심했는지
모르겠습니다.

시간 여행

과거의 생각이라는 것은 존재하지 않습니다. 진정한 우리 자신은 생각 속에서 과거로 '여행'하지 않습니다. 과거에 관한 생각, 기억, 이미지는 현재에 떠오릅니다. 미래에 관한 생각, 일어날 수도 있고 일어나지 않을 수도 있는 꿈, 계획의 상상은 미래에 일어나는 것이 아니라 지금, 여기에서 일어납니다.

과거와 미래는 과거나 미래에 일어나지 않습니다. 지금 당신이 있는 여기에서 일어납니다. 과거를 배경으로 한 영화가 상영된다고 해서 영화 스크린이 과거로 이동하지는 않듯이.

이 순간은 실제로는 다른 어떤 순간과 분리된 하나의 '순간'이 아닙니다. 이 순간은 하나의 분리된 과거의 순간과 하나의 분리된 미래의 순간 사이에 있는 시간의 한 조각이 아닙니다.

이 순간은 과거와 미래의 이야기가 생겨나고 사라지고, 꿈들이 태어나고 죽는 광대한 장(場)이며, 여기에서 생각과 감각, 소리, 냄새, 감정 등이 모두 생겨나고, 아무 흔적도 남기지 않은 채 사라집니다. 이 순간은 광대하고 시간을 초월하며 모든 것을 담고 있습니다.

'순간(moment)'과 '움직임(movement)'이라는 단어는 같은 어근(라틴어 movere)에서 유래했으니 이 순간을 삶의 '현재 움직임'[*] 이라고 부르는 편이 나을 수도 있습니다. 생각, 감각, 감정의 움직임. 과거와 미래의 움직임. 그리고 이 모든 움직임을 아는 것은 무엇인가요?

전혀 움직이지 않는 그것. 참된 당신 자신인 그것.
삶의 모든 움직임 가운데 **당신**의 완전한 고요함.

---

* '현재 순간(present moment)'보다 '현재 움직임(present movement)'이라고 부르는 편이 더 나을 수 있다는 뜻. – 옮긴이

완벽한 미완성

어쩌면 당신의 불완전함은
실은 '불완전함'이 아니며
'당신의 것'이 전혀 아닐 수 있습니다

어쩌면 그것들은 더 큰 완전함의
마지막 조각일지 모릅니다
마음이 오해하고 오래전에 잊어버린

'가엾은 나'의 이야기에서 빠져나오세요
아주 작은 것들에서 풍요로움을 발견해 보세요
한 번의 호흡, 친구의 눈길, 가을의 산들바람

원치 않은, 사랑받지 못하는 이방인, 완벽한 실수를 축하하세요

멋진 미지의 세계에 잠겨 보세요
완벽하게 미완성된 채로 있어 보세요
마침내.

지금 있는 곳과 사랑에 빠지기

알고 있다고 생각하는
모든 것에 대해 죽음

삶이 '어떠해야 한다'는
이미지를 놓아 버림

지금 이 순간의
광활한 신비 속으로 가라앉음

변화와 상실을
오해받은 친구로 여기며 껴안음

지금 있는 곳과
사랑에 빠짐

이것이 길입니다

길이 없다는 것을
아는 사람들을 위한

끝없는 목적지와
끝나지 않는 시작만 있을 뿐

5월

길이 목적지이고,

당신은 언제나 길 위에 있으며,

어떤 목적지에 도달하기 위해서가 아니라

길의 아름다움과 지혜를 즐기기 위해 거기에 있음을 깨달으면,

삶은 더이상 힘든 과업이 아니라,

자연스럽고 단순해지며

그 자체로 기쁨이 됩니다.

_스리 니사르가닷타 마하라지

당신에게는 죽음이 없습니다

많은 영적 스승은 죽음이 없다고 말합니다. 그 말이 진실인 이유를 간단히 설명해 보겠습니다. 우선, 이 말을 곧이곧대로 믿거나 받아들일 필요는 없으며, 자기의 경험을 살펴보고 직접 확인해 보세요.

지금까지 살아오면서 당신은 괴롭거나 즐거운 생각, 감각, 감정, 소리, 냄새, 이미지, 기억, 과거와 미래에 대한 꿈, 통찰, 환상, 다양한 의식 상태 등이 계속 오가는 것을 목격했습니다. 이 모든 '내용'이 나타나고 사라지며, 오고 간다는 것을 알았습니다.

만약 이렇게 변하는 '내용'이 참으로 당신을 정의한다면, 이 '내용'을 아는 자는 누구인가요? 내용을 알아차리는 그것이 그 내용으로 정의되거나, 내용에 갇히거나, 내용에 제한되나요?

나타나거나 사라지는 것을 당신이 한 번도 본 적이 없는 하나, 당신에게 변하는 '내용'의 일부인 적이 한 번도 없는 하나는 무엇인가요? 당신에게 어떤 '것'인 적이, 지나가는 형상인 적이 한 번도 없는 하나는 무엇인가요?

당연히, 그것은 당신 자신의 현존입니다. 당신 자신입니다, 가장 깊은 의미의 당신. 당신은 삶의 모든 경험에서 줄곧 변하지 않은 존재, 한 번도 나타나거나 사라진 적이 없는 고요한 배경이었습니다.

만약 그것이 왔다가 사라졌다면, 그것은 진정한 당신이 아니었습니다.

현존인 당신은 현존의 부재(不在)를 알 수 없습니다. 누가 그것을 알겠습니까? 누가 알아차리겠습니까? **현존은 자기가 '내용'으로서 사라지는 것을 결코 목격할 수 없습니다.** 이것이 바로 진정한 당신에게는 죽음이 (말 그대로) 염려의 대상이 될 수 없는 까닭입니다. 그것은 참된 **집**입니다. **집**에 관한 모든 꿈 너머의 **집**이며, 당신은 이미 거기에 있습니다.

진정한 당신에게는 죽음이 없습니다. 거짓된 정체성만이 죽을 수 있을 뿐이며, 진정한 당신은 거짓일 수 없습니다.

열정적으로 살아 있기

사람들은 "꿈을 좇아라", "운명을 완수하라", "삶의 목적을 달성하라", "가슴의 진정한 소망에 귀 기울여라", "열정을 따르라"고 말했지만, 나는 이런 말들이 대체 무슨 뜻인지 알지 못했습니다.

그래서 타협했고, 할 수 있는 것 이하에 안주했으며, 직장 생활을 하면서 반쯤만 살아 있다고 느꼈는데, 존재의 경이로움과는 거리가 먼 삶이었습니다. 생명력과 창조성, 모험심과 열정이 내 안에서 터져 나오고 싶어 했지만, 어떻게 해야 그것들이 풀려나는지를 몰랐고, 게다가 이런 에너지가 현 상태에 너무 많은 지장을 주거나 나를 완전히 파괴해 버릴까 봐 무서워서 풀어놓지 못했습니다.

나는 자신에게 말했습니다. "모험하는 삶은 나처럼 평범한 사람에게는 불가능해. 나는 너무 내성적이고, 너무 겁이 많고, 너무 약하고, 너무 못생겼고, 충분히 지성적이지도 않고, 용감하지도 않고…" 라고 생각했습니다. 나는 '선택의 여지가 없다', '모든 것은 하나다', '모든 것은 예정되어 있다'와 같은 영적 개념으로 자신을 위로했고, 저녁이 오기를, '하루의 남은 시간'이 오기를 기다리며 하루하루 살았습니다. 그 시간에는 혼자서 안전하게 다시 숨을 쉬고, 잠시나마 진짜 나 자신으로 있을 수 있었기 때문입니다.

내 운명은 무엇일까? 내 가슴이 진정으로 원하는 것은 무엇일까? 내 삶의 목적은 무엇일까? 내 열정은 어디에 있을까? 어디서부터 시작해야 할지 몰랐습니다. 다른 사람들은 모두 답을 알고 있는 것 같았지만, 나는 하나도 알지 못했습니다. 나는 뭐가 문제일까? 나는 직장에서 무감각했고 너무 지루했지만, 적어도 안전하다고 느꼈습니다. 나는 가능성을 피해 숨어 있었지만, 적어도 돈은 들어오고 있었습니다. 나는 '적응'했고, 정중한 대화에서 되뇔 수 있는 나 자신에 관한 그럴싸한 이야기가 있었습니다. 하지만 거기에는 위험이 없었습니다. 나는 반쯤 죽어 있었는데, 겨우 20대에 불과했습니다. 자주 자살을 생각했습니다. 그러면 잠시나마 살아 있고 힘이 있는 듯한 기분이 들었기 때문입니다.

삶이라는 이 소중하고 순식간에 지나가는 선물을 어떻게 해야 할까요? 이것이 바로 질문입니다. 살 것인가, 죽을 것인가, 아니면 살긴 살되 다른 사람의 '…해야 해'라는 생각*들에 따라 열정 없이 살 것인가?

인생은 짧기에 답은 간단합니다. 열정적으로 살아 있다고 느껴지는 일을 하세요. 진실한 삶을 살면서, 처음에는 아무리 힘들어도, 생계를 유지할 방법을 찾아보세요. 자기만의 독특한 재능과 능력을 존중하세요. 마음을 움직이는 일, 자기의 가장 깊은 진실과 연결되게 하는 일을 하세요. 이익과 안락함, 다른 사람의 인정보다는 번영과

---

* '이래야 한다, 저래야 한다'라는 형태의 생각들. 예를 들어, '전혀 하고 싶지 않고 보람도 느끼지 않는 일이라도 안정된 직장에 취직해야 해'와 같은 생각들.— 옮긴이

열정을 신뢰하세요. 왜냐하면 세상의 모든 인정은, 당신의 가슴이 믿지 않는 것에 대한 인정이라면, 공허하기 때문입니다.

알려진 세계를 벗어나는 것은 두려운 일이며, 자기의 것으로 생각하던 것을 잃을 수도 있고, 진실이라고 믿었던 자기의 이미지가 새로움의 불길에 녹아내릴 수도 있으며, 두려움과 덜덜 떨림, 불확실함과 의심, 거부, 심지어 비웃음을 겪을 수도 있습니다. 더 많은 고통에 자기를 여는 힘든 길을 배워야 할 수도 있고, 삶이 어느 때보다 불편해질 수도 있습니다. 불안정함의 깊은 편안함과 사랑에 빠지고, 삶을 살 가치가 있게 만들어 주는 일을 한다는 안정됨과 사랑에 빠질 때까지는….

당신은 미지의 바다에서 헤엄치고 있겠지만, 생생히 살아 있을 것입니다. 생명이 다시 혈관을 타고 흐르는 것을 느낄 것입니다. 젊을 때 그랬듯이, 계속 타협하고 자꾸 시계를 보고 '조용한 절망'을 정당화하기 이전에 그랬듯이. 그 뒤 이 생기를 다시 창조에 쏟아부으면, 번영의 순환은 계속될 것이고, 심지어 예상했던 것보다 더 풍족하게 잘살 수 있을지도 모릅니다.

그러나 돈을 얼마나 벌든 벌지 못하든, 당신은 다른 사람이 적어도 당신과 같은 방식으로는 할 수 없는 일을 하고, 새롭고 독창적인 것을 만들어 내며, 무언가를 삶에 돌려주고, 자신의 완전한 독특함과 재능을 존중하면서 세상에 독특한 기여를 할 것입니다. 그래서 자신이 하나도 다를 것 없는 존재, 다른 사람들의 노예, 나무토막 같다고 느끼지 않을 것이고, 삶에 대한 깊은 신뢰가 실패와 가난에 대한 두려움을 대체하고, 타인에 대한 냉소와 질투는 완전히 사라질 수 있습니다.

때로는 자신이 하는 일을 의심하게 되고, 일들이 더 쉽고 더 예측할 수 있었던 옛날을 좋았던 시절로 여기며 그리워할 수도 있겠지만, 그러다 문득 예전 방식이 거짓된 것이었고 효과가 없었기에 모든 것을 바꾸어야 했다는 사실을 기억하게 될 것입니다.

좋아하는 일, 감동과 기쁨을 주는 일에 인생을 바치는 것은 위험이 따르지만, 그럴 가치가 분명히 있는 일입니다. 왜냐하면 편안하고 예측할 수 있는 삶은 깊고 열정적으로 살아 있다고 느끼면서 새로운 눈과 열린 가슴으로 새로운 하루하루를 맞이하는 삶과 비교하면 시시하기 때문입니다.

당신 안에서, 당신으로서, 당신을 통해 자기를 표현하려는 이 생명을 존중하세요. 당신은 아직 살아나지 않은 사람들로 인해 믿게 된 것만큼 한정된 존재가 아닙니다.

살아 있는 공간

그것은 생생히 살아나는 일입니다. 은혜에 눈을 뜨는 일입니다. 자기 자신을 조건 없는 다정함과 한없는 친절함으로 대하는 일입니다. 그것은 당신 자신인 바다의 사랑받지 못하고, 만나지 못하고, 보이지 않던 모든 물결이 깊은 곳에서, 어둠 속에서, 경험의 모든 구석과 구멍과 틈새에서 기어 나와 빛 속으로 들어와서 눈을 깜박이며 한없이 경이로워하도록 안전하게, 마침내 안전하게 만드는 일입니다.

그것은 자기를 낳는 일입니다. 그래서 모든 생각이 마침내 밀려들도록 허용하고, 모든 감각, 모든 감정, 모든 소리, 그리고 우리가 '어두운', '악한', '부정적인', '위험한', '죄가 되는'이라고 꼬리표를 붙이던 그 모든 물결—두려움, 분노, 지루함, 의심, 혼란, 좌절, 무력감—이 마침내 당신이라는 공간에서 편안히 쉬고 숨을 쉬며, 온전히 그들 자체로 있도록 허용하는 일입니다.

그것들은 별개의 실체나 적이 아니라, 당신의 친밀한 모습입니다. 그러므로 당신을 아프게 하더라도 정말로 상처를 줄 수는 없으며, 이것이 바로 우리가 때때로 자신을 '고치거나' 적어도 '정상화'하려고 서두르다가 잊어버리는 것입니다.

우리가 '생명'이라고 부르는 소용돌이치고 맥동하는 모든 에너지는 당신 자신인 무한한 공간에서 환영받습니다. 그것은 만물이 노래하고 춤추는 공간, 만물이 자기를 이 비범한 순간의 늘 변하는 그림 속에 그려 넣는 광활한 살아 있는 공간에서 환영받습니다.

성스러운 일

의심을 소중히 여기세요. 의심은 신비의 씨앗입니다.
슬픔을 껴안으세요. 그 안에 큰 기쁨이 있습니다.
두려움을 마주하세요. 그 중심에는 말로 표현할 수 없는 평화가 있습니다.
지루함을 즐기세요. 그것은 완전히 살아 있습니다.
비통함을 품으세요. 그것으로 당신의 가슴이 활짝 열리게 하세요.
화와 친구가 되세요. 그것은 태양을 타오르게 하는 생명력임을 친밀하게 아세요.
아픔을 인정하세요. 그것은 다정한 관심을 기울여 달라는 몸의 간청입니다.

모든 감정은 깊이 지성적입니다.
가로막지 말고 비켜 주세요.
그 감정들이 자신의 성스럽고 보편적인 일을 하도록 놓아두세요.

열쇠

우리는 사람, 철학, 감정, 상태, 심지어 영적 정체성에 이르기까지 붙잡을 수 있는 어떤 영속성을 추구합니다. 하지만 모든 경험은 본래 덧없기에 우리가 붙잡으려는 모든 것이 결국 우리의 손가락 사이로 빠져나갑니다. 더는 붙잡지 않으려는 시도까지도….

영속적이지 않음이 사실은 소중한 친구이며, 연약함이 삶에 아름다움을 부여하고, 잠에서 깨고 씻고 숨 쉬고 기쁨과 고통이 있는 이 평범해 보이는 하루가 바로 우리가 늘 갈망하던 소중한 친구라는 사실을 깨닫기 전에는…. 사랑하는 그분은 자신이 할 수 있는 모든 방법으로 우리를 집으로 부르며, 이 '평범한' 삶은 그분의 기발한 초대입니다.

친구여, 당신은 은혜 안에 갇혀 있고, 열쇠는 만들어진 적이 없습니다.

당신은 혼자가 아닙니다

사랑하는 부모의 죽음. 오랜 연인이나 배우자와의 이별. 예기치 않은 부상. 잃어버린 사랑, 잃어버린 성공, 잃어버린 꿈.

당신이 겪는 고통은 당신만의 것이 아닙니다. 때로는 정말 그렇게 느껴지겠지만…. 당신의 절망은 전체와 분리된 개인인 '당신'의 것이 아니라, 삶 자체의 것입니다.

당신이 겪고 있는 일이 무엇이든, 다른 사람들도 그 일을 겪었을 것입니다. 똑같은 상황은 아니더라도 분명 같은 고통을 느꼈을 것입니다. 상실, 이별, 실망, 질병, 죽음 등은 '당신만의 것'이 아닙니다. 그것은 모든 인간이 겪었고, 인간이라면 누구나 반드시 거쳐야 하는 옛날부터의 통과의례이자 보편적인 의식입니다.

옛날에는 (이것이 좋은 것이었는지 아니었는지에 관해서는 영원히 논쟁할 수 있겠지만) 인간의 삶에 아마도 더 많은 사회 구조, 더 많은 전통, 더 많은 틀이 있었고, 더 많은 공동체 의식, 부족, 승가, 동료의 지원이 있었을 것입니다. 그리고 이러한 보편적 삶의 시련을 통과한 뒤, 우리가 자신의 시련을 통과하도록 안내해 주기 위해 돌아온 마을 장로들, 현명한 사람들, 치유자들의 인도가 더 많이 있었을 것입니다, 그들은 우리에게 "시련이 아무리 극심해지더라도 당신은 혼자가 아니라는 것을 알고, 이 일은 일어나야 하는 일이며, 다른 많은 사람도 전에 그런 일을 겪었다"고 상기해 주었을 것입니다.

전통 종교가 몰락하고 과학, 기술, 무신론이라는 종교가 부상한 오늘날 우리는 가까이 연결되고 새로운 것들에 밝지만, 어쩌면 그 어느 때보다 더 외롭고 깊은 인간관계가 절실할지도 모릅니다.

부모님이 돌아가시거나 배우자가 우리를 떠날 때, 누가 우리의 손을 잡아 줄까요? 우리의 꿈이 물거품이 되고 모든 것이 무너질 때, 누가 우리를 안아 줄까요? 우리가 죽음을 맞이할 때, 누가 곁에서 우리의 귀에 부드럽게 속삭여 줄까요? "아이야, 두려워하지 마. 이것은 옛날부터의 통과의례일 뿐이고, 예상하고 품어야 할 여행의 자연스러운 과정이란다. 다 괜찮을 거야"라고.

이 아득한 옛날부터의 우주의 눈으로 바라보면, 당신의 인생 이야기에서 어떤 일도 작은 사건이 아니며, 하찮은 것, 사랑의 관심을 받을 가치가 없는 것은 하나도 없습니다. 이 아득한 옛날부터의 눈으로 바라보면, '평범한' 순간은 하나도 없습니다. 모든 것이 '종교적'이고, 모든 것이 신성하며, 모든 것이 당신의 상상 이상으로 중요한 의미가 있습니다. 그리고 '나'를 넘어선 이러한 시각은 우리를 자기 연민과 자기 문제에 대한 집착에서 벗어나, 자기만의 독특한 방식으로 우리와 똑같은 여정을 걷고 있는 모든 형제자매에 대한 깊은 공감과 보편적인 연결의 자리로 이끌어 줄 수 있습니다.

우리는 떨어져 살지만, 혼자서 인생을 살아가는 것은 아닙니다.

사랑의 공정한 경고

그것은 파괴합니다.
그것은 포로를 취하지 않습니다.
당신이 자기의 것이라고 생각하는 모든 것을
그것은 순식간에 파괴해 버릴 것입니다.

그것은 그리 감상적이지 않습니다.

그것은 당신의 자존심을 빼앗고
당신의 자존감을 짓밟을 것입니다.

그것은 어린 시절 꿈을 끝장내는 데 전문가입니다.
그것의 방법은 잔인하지만
그 의도는 사랑입니다.

그것은 당신을 깨우고 싶을 뿐입니다.
그리고 당신의 눈을 통해
자기의 놀라운 창조물을 바라봅니다.

혼자가 아닌

나의 외로움이라는 바다에 뛰어들었고
거기서 모든 존재의 외로움을 발견했습니다

근원에서 분리되었다고 상상하며
다시 연결되기를 갈망하는 수많은 박동하는 심장들

그것은 슬프면서 농담 같았습니다

그러다 갑자기 외로움이 사라지고
기분 좋은 충동으로 바뀌었습니다

혼자서
더 깊이 잠기면

활짝 열린 공간

나는 내가 '깨어났다'고 말하지 않을 것입니다. 깨어나지 않았다고도 말하지 않을 것입니다.

왜 그럴까요? 여기서는 깨어나거나 깨어나지 않을 견고하고 독립적인 실체를 찾을 수 없기 때문입니다. 나에 관한 어떤 이야기도 여기 이 광대한 공간에 남아 있을 수 없습니다. 어떤 이야기도 뿌리내릴 수 없고, 어떤 결론도 자리할 수 없습니다.

아무것도 당연하게 여기지 않으면서 새로운 눈으로 바라볼 때, 여기에서 내가 발견하는 것은 역동적인 삶의 풍경이 펼쳐지는 활짝 열린 공간입니다. 그것은 그 풍경과 분리할 수 없는 살아 있는 공간이며, 수없이 많은 물결, 생각, 감각, 감정이 일어나고 사라질 때 그것들과 분리될 수 없는 드넓고 무한한 바다입니다.

따라서 깨달음이나 깨어남 또는 그것의 부재에 관한 어떤 주장도 여기에서는, 누구에게도 속하지 않는 이미-깨어 있는 광대한 공간에서는 놀랍도록 무관합니다.

신성한 엉망

완전히 무너져 버리세요
엉망이 되어 버리세요
다 잘못해 버리세요

당신의 영광스러운 한결같지 않음에 마음을 열어 보세요
당신의 멋진 불완전함의 완벽함을 껴안으세요

그리고 당신은 말할 수 있을 것입니다:

나는 거기 있었어요!
나는 살아 있었어요!
기꺼이 그러려고 했어요!

6월

방에서 나갈 필요는 없습니다.
책상 앞에 앉아서 귀 기울이세요.
귀 기울일 필요도 없으니, 그저 기다리세요.
고요히, 가만히, 혼자 있으세요.
세상은 당신의 눈앞에서 기꺼이 가면을 벗을 것입니다.
선택의 여지가 없습니다.
세상은 당신의 발밑에서 한없이 기뻐할 것입니다.

_프란츠 카프카

자녀들

두려움, 아픔, 혼란, 슬픔이 밀려올 때, 절망하거나 자신에 관해 결론을 내리지 마세요. 평생의 외로운 여행으로 지친, 먼 옛날부터 변함없는, 이 오해받던 손님들이 마침내 당신 안에서 집을 찾았다는 사실을 영광스럽게 생각하세요.

그들은 모두 의식(意識)의 자녀들이며, 가장 깊은 존경과 우애를 받을 자격이 있는, 당신의 사랑하는 자녀들입니다. 그들이 당신 안에서 깊이 쉬게 해 주고, 당신의 활활 타오르는 불길로 그들의 시린 발가락을 따뜻하게 녹여 주세요.

독특한 꽃

당신은 독특한 꽃입니다. 둘도 없는 자기만의 향기를 풍기고, 자기만의 방식으로 세상에서 움직이며, 산들바람을 맞아 아무도 모방할 수 없는 자기만의 독창적인 춤을 춥니다.

장미는 백합에게 "나는 당신이 되고 싶어요, 당신의 향기와 곡선, 색깔을 갖고 싶고, 당신처럼 빛을 끌어당기고 싶어요"라고 말하지 않습니다.

왜냐하면 장미는 자기와 백합이 본질로는 하나이자 같은 존재이고, 의식 자체이며, 둘로 꽃피는 하나라는 것을 알기 때문입니다. 장미는 하나의 의식이 놀라운 다양성으로 서로 다르게 나타나며, 다양성은 그 자체로 하나임을 기억하라는 부름이라는 것을 알기 때문입니다.

장미는 백합에서, 백합은 장미에서 자기의 본질을 보지만, 둘은 각자의 독특함과 대체할 수 없음, 시간과 공간에서 피운 짧은 한때의 꽃을 존중하는 법을 압니다.

본질로 있으면서 자기의 꽃을 사랑하세요. 자기의 맛과 독특한 풍미, 복제할 수 없는 특별한 춤을 사랑하고, 다른 꽃보다 우월하거나 열등하다고 느끼지 말고, 자기의 꽃을 지우고 싶어 하지 말며, 자신이 꽃을 피우거나 피우지 않는 방식에 관해 다른 꽃을 탓하지 마세요.

다른 꽃들도 삶을 통제할 수 없는 것은 마찬가지이며, 저마다 빛을 향해 자기만의 길로 서서히 나아가고 있기 때문입니다.

비통함의 숨겨진 비밀

상실에는 우리가 분리될 수 없는 존재임을 아름답지만 아프게 상기해 주는 것이 담겨 있고, 진정한 자신이 누구인지를 기억하라는 은밀한 부름이 담겨 있습니다. 비통함은 당신을 흔들어 깨우며, 언젠가는 배워야 할 존재의 근본적인 사실을 마주하게 할 수 있습니다.

사랑하는 사람이 죽거나 떠나거나 사라지면(관계의 끝은 죽음과 매우 비슷합니다), 처음에는 사랑하는 사람을 '잃은' 것처럼 느껴집니다. 어머니, 아버지, 연인이나 배우자, 스승, 반려동물, 자녀는 떠났고, 아마 다시 돌아오지 않을 것입니다. 당신은 어찌할 수 없고, 무력하고, 무능하며, 삶의 잔인하고 불합리하고 예측할 수 없는 방식의 희생자라고 느낍니다. 그리고 잃어버린 사람, 없는 존재, 당신과 분리된 사람을 생각하며 비통해합니다. 그 아픔은 견딜 수 없고, 감당할 수 없으며, 극복할 수 없는 것처럼 보일 수 있습니다. 사랑하는 사람의 부재가 아주 강하게 느껴지지만, 지금은 아무것도 할 수 없습니다. 그들의 부재와 당신의 한없는 무력감이 강하게 존재하며 모든 공간을 채웁니다.

비통함 속으로 더 깊이 내려가 보면, 자기 '바깥'에 있는 무언가 또는 누군가를 실제로 잃은 것이 아니라는 사실을 발견할 수 있습니니다. 당신은 실제로는 자기의 일부, 즉 온전한 자기 자신이라고 느끼게 해 주던 자기의 일부를 잃어버린 것이고, 그래서 지금 이 순간 너무 아픈 것입니다. 당신은 더는 온전한 자기 자신이라고 느끼지 못합니다. '당신'의 한 조각이 빠져 버린 것처럼, 가슴을 완성된 그림처럼 이루고 있던 그림 조각들에서 한 조각이 빠진 것처럼 부족하고 불완전하다고 느낍니다. 당신이 그들 없이 어떻게 온전한 자신일 수 있을까요? 아들이 아버지 없이 어떻게 아들일 수 있을까요? 아내가 남편 없이 어떻게 아내일 수 있을까요? 형제가 형제 없이 어떻게 형제일 수 있을까요?

당신은 '잃어버린' 자신의 일부가 실제로 '자신'이었던 것인지 궁금해지기 시작합니다. 어떻게 자신의 일부를 정말로 잃을 수 있을까요? 자신의 일부를 잃을 수 있다면, 애초에 그것이 실제로 '자신'이었던 것일까요? 당신은 자신이라는 꿈 너머의 진짜 자신이 누구인지, 혹은 누구였는지 궁금해지기 시작합니다. 당신은 그들이 누구라는 생각 너머의 진짜 그들이 누구였는지 궁금해지기 시작합니다. 그때는 그들이 존재했는데 지금은 부재하다는 것이 정말 진실일까요? 정확히 누구 또는 무엇이 부재한 것일까요? 그들은 정말로 당신의 현재 경험에서 부재한 것일까요?

비통함의 층들을 지나 더 깊이 내려가면, 우리가 잃어버렸다고 생각한 대상과 기이하게도 분리될 수 없다는 사실을 발견할 수 있습니다. 실제로 잃어버린 것은 현실이 어떻게 될 것이라는 꿈, 미래에 관한 꿈이었습니다. 당신은 진정한 자기 자신을 잃어버릴 수 없습니다. 그것은 온갖 변화에도 불구하고 늘 온전히 현존합니다. 그리고 진정한 그들 자신도 잃을 수 없습니다. 심장 박동이 멈춘다 해도.

비통함의 가장 밑바닥에서 당신은 사랑을 발견합니다. 그리고 사랑하는 사람과 전혀 분리될 수 없음을, 잃을 수 없는 하나(the One)와의 진정한 만남을…. 죽음은 이것을 건드릴 수 없습니다. 그들의 부재는 그들의 현존이 되며, 그것은 당신 자신의 현존입니다. 이 영원한 현존 속에서, 당신은 누구를 잃었나요?

비통함의 고동치는 심장에서 우리는 조건 없는 사랑을, 심지어 몸이라는 모습에도 의존하지 않는 사랑을 발견합니다. 비통함에는 그것의 끝이 담겨 있습니다. 그렇다고 해서 우리가 사랑하는 사람을 잊는다는 뜻은 아닙니다. 그들이 기억과 감정으로 찾아오지 않는다는 뜻도 아닙니다. 슬픔이 하룻밤 사이에 사라진다는 의미도 아닙니다. 온갖 감정을 느끼지 않는다는 뜻도 아닙니다. 그러나 우리는 자신에게 근본적인 것을 조금도 잃은 적이 없고, 세상은 멈추지 않았으며, 그들이 마음이 생각하던 방식으로 정말로 '부재'한 것은 아님을 깊이 깨닫습니다. 비어 있음(공허함)의 고통은 심지어 우리의 기쁨이 될 수도 있습니다.

상실의 유령은 더이상 우리를 두렵게 하지 않습니다. 그것은 알고 보면 선의의 유령입니다. 우리에게는 사랑하는 사람을 알고, 느끼고, 만지고, 냄새 맡고, 먹여 주고, 안아 주고, 심지어 임종을 목격하는 경험이 주어진 것일 뿐입니다. 이 얼마나 큰 특권입니까. 삶은 그것을 빼앗을 수 없습니다. 삶은 주었을 뿐이고, 계속해서 줍니다. 우리에게 볼 눈이 있다면…. 아마도 그들의 삶과 죽음은 그럴 수 있었던 유일한 방식으로 펼쳐졌을 것입니다. 아마도 그들은 마지막 순간까지도 자신에게 맞는 길을 살았을 것입니다. 아마도 그들은 정확히 제때 죽었을 것입니다.

비통함의 살아 있는 중심에서 우리는 깊은 연결, 겸손, 모름, 감사, 모든 인류에 대한, 사랑했고 상실한 모든 사람에 대한 연민을 발견합니다. 우리는 이 모든 것의 헤아릴 수 없는 신비를 마주합니다.

있는 그대로의 자신을 온전히 마주할 때, 우리는 모든 인간을 발견합니다. 처음에는 개인적인 상실에 직면한 것처럼 보였지만, 결국 비통함은 우리를 잃을 수 없는 것, 비개인적이며 보편적으로 진실한 것과 다시 한 번 깊이 연결해 줄 수 있습니다. 비통함은 가혹한 스승이며 무자비하고 잔인해 보이는 멘토이지만, 그 중심에서는 자애롭습니다.

고난이라는 장치가 우리의 구원이 됩니다. 십자가 위의 예수를 기억하세요.

날것 그대로의 비통함을 외면하지 않고 마주할 때, 그것은 먼 옛날부터 전해 내려오는, 시대를 초월한 비이원적 영적 가르침이자 역동적이고 살아 있는 가르침이 될 수 있으며, 한때는 꿈만 꿀 수 있었던 모든 인간을 향한 가슴 아픈 연민을 일깨우는 모닝콜이 될 수 있습니다.

모든 것은 본래 일시적이며, 모든 것은 지나가는데, 그것은 그 자체로 잘못되거나 나쁜 것이 아니며, 본래 그랬고 늘 그랬으며 앞으로도 그럴 것입니다. 상실은 통과의례일 뿐입니다. 모든 것이 일시적이라는 사실을 우리가 잊거나 부정하고, 영원을 꿈꾸며 미래를 고정하려고 할 때, 그리고 우리의 꿈이 일시성으로 인해 산산이 조각

날 때, 우리는 고통을 받고 현실의 방식과 싸우게 됩니다.

우리는 모두 상실(그것이 현실의 방식입니다)에 직면하지만, 상실을 향해 눈을 돌리고 상실에 귀 기울이고 그 얼굴을 응시할 수 있다면, 숨겨진 황금이 드러날 수도 있으며, 결국 우리 자신과 사랑하는 사람들을 그 어느 때보다 선명하게 볼 수 있을 것입니다. 비통함은 이상하게 변장한 사랑일 뿐이며, 끊임없이 우리를 더 가까이, 다시 더 가까이 다가오도록 초대합니다.

친구에게

"당신이 이 세상을 떠날 때 나는 당신을 품에 안았지만, 당신은 떠나지 않았고 이 세상에 속한 적도 없습니다. 나는 당신의 존재가 사라지는 것을 한순간도 느끼지 못했습니다. 사랑하는 친구여, 나는 나 자신의 것을 잃은 적이 없고, 우리는 시간과 공간을 초월하여 같은 하나임을 알기 때문입니다.

내가 당신을 안고 있던 사랑은 당신이 늘 안겨 있을 사랑입니다. 내가 개를 산책시키고, 아이들을 학교에 데려다주고, 당신이 떠난 적 없는 꿈속의 모든 좋았던 일과 힘들었던 일을 만나고, 마침내 침대에 누워 이 세상을 떠날 마지막 순간을 기다리는데, 떠나지 않고, 이 세상에 속한 적도 없으며, 언제나 당신의 품에 포근하게 안겨 있고, 시작한 방식으로 끝나는 이 모든 성스러운 시간 내내….

사랑하는 친구여, 어떤 사람들은 죽음이 없다고 말하는데, 그것은 사실입니다. 정말 사실입니다."

용서

모든 사람은 각자의 상대적인 관점에서 최선을 다하고 있습니다.

그들의 믿음, 세계관, 그들이 인식하는 한계, 그들의 두려움, 상처, 자기 본성을 잊은 정도, 치유 중이거나 치유하려고 하는 독특한 방식, 또는 전혀 치유되지 않는 방식 때문에 그들은 지금과 같은 모습일 수밖에 없습니다.

모든 사람은 자기의 견해에서 깨어나기 전에는 그런 견해의 노예로 산다는 것을 알면, 큰 용서가 일어날 수 있습니다. 당신은 어떤 사람이 준비되기 전에는 그를 깨울 수 없습니다. 어쩌면 그들이 준비되었을 때도….

그들은 자신이 무엇을 하는지 모릅니다.

치유하는 대화

슬픔 "미안해요, 앎* 씨. 내가 여기 있으면 안 되는 거 알아요. 정말 미안해요. 곧 떠날게요. 내가 당신의 완벽함에 오점이라는 걸 알아요."

앎 "아니, 잠깐만. 괜찮아요. 여기 있어도 됩니다! 안심하세요! 조금 더 머무르세요! 친구들을 초대하세요!"

슬픔 "내가 당신의 완벽함에 오점이 아니라는 건가요?"

앎 "오점? 완벽? 누가 그런 말을 하던가요? 어떻게 당신이나 다른 누가 내게 오점을 남길 수 있겠습니까?"

슬픔 "하지만 사람들은 내가 여기 있으면 안 된다고 했어요!"

앎 "아, 그들은 모두 당신을 두려워하죠. 당신이 나와 분리될 수 없다는 것을 모르니까요! 그들은 미래(라고 불리는 것)에 깨달음(이라고 불리는 것)에 도달하려고 애쓰고 있습니다. 정말 사랑스럽죠."

슬픔 "하지만 이해되지 않아요. 당신은 나보다 행복을 더 좋아한다고 생각했는데요?"

앎 "더 좋아한다고요? 그게 무슨 뜻인가요?"

---

* 앎(awareness)은 우리의 참된 자기이며 존재 자체다. 앎만이 존재한다. 순수 의식. – 옮긴이

슬픔 "오… 내가 얼마나 부정적인지 알아요. 그리고…"

앎 "부정적이라고요? 그게 뭔가요?"

슬픔 "아시잖아요. 긍정과 부정, 빛과 어둠, 천국과 지옥, 당신과 나."

앎 "아니요. 그런 구분은 들어 본 적이 없어요. 사실, 나는 지금 누구와 이야기하는지도 모른답니다!"

슬픔 "오, 미안해요. 내 소개를 할게요. 나는 슬픔입니다."

앎 "슬픔. 슬픔이라…. 흥미롭군요. 당신이 너무 가까워서 당신의 경계들이 보이지 않으니, 당신을 뭐라고 부르지 못하겠어요."

슬픔 "아, 지금까지 줄곧 내가 잘못하고 있다고 생각했어요. 여기 있으면 안 된다고 생각했죠. 한 번도 멈춘 뒤 당신에게 확인해 보지 않았어요."

앎 "예, 그랬죠. 참 이상해요! 무슨 까닭인지 다들 똑같이 행동하더군요. 두려움과 화뿐 아니라 고통까지도 왜 다들 나를 겁내는지 모르겠어요. 나는 그들에게 떠나라고 요구한 적이 없어요. 행복과 기쁨에게도 머물러 달라고 부탁한 적이 없죠. 그런데 모두 내 안에 머물려고 하거나 내게서 떠나려고만 하더군요! 정말 이상한 일입니다."

슬픔 "그럼, 모두 당신 안에서 오고 가도록 허용되는 건가요? 당신은 다 허용하는 건가요?"

앎 "음… 그 이상입니다! 나는 아무것도 실제로 허용하거나 없앨 수 없습니다. 그 모든 것은 다 나 자신일 뿐입니다. 알겠어요? 당신도…"

슬픔 “그 말은… 내가 아니라는… 내가 슬픔이 아니라는 말인가요?”

앎 “당연히 아닙니다, 사랑하는 내 자녀여! 당신은 나로 이루어져 있습니다. 나는 당신으로서 춤을 추고 있습니다…”

슬픔 “내가 당신이에요? 아, 그럼… 그럼 내가 당신을 뭐라고 부를까요… 앎….”

”맞습니다. 분리는 없습니다. 문제도 없습니다. 있던 적이 없죠.“

“계속 도망쳐서 미안해요.”

”머물 수 없다고 느꼈다니 유감입니다.“

“이제 아름다운 우정이 시작될 수 있겠군요.”

낙담이 부를 때

친구여, 낙담하고, 길을 잃고, 집을 떠나 머나먼 곳에서 헤매고 있다고 느낄 때, 깨달음이 딴 나라의 일 같고 성인들과 현자들의 말이 동화 속 이야기처럼 보일 때, 답은 오지 않고 의심의 불길이 맹렬히 타오를 때… 멈추세요. 숨을 쉬세요. 기억하세요. 잘못된 것은 아무것도 없다는 것을….

꿈이 죽어가고 있을 뿐입니다. 이 순간이 '어떠해야 했다'는 (남에게 전해 들은) 꿈이 죽어가고 있습니다.

낙담이 당신을 부를 때, 의심이 미친 듯한 노래를 부를 때, 이야기들이 바닷물처럼 쏟아질 때, 기억하세요. 당신이 밀어내려 하는 바로 그 '집을 그리워하는 마음'이 사실은 당신을 모든 지상의 집보다 먼저 당신의 참된 집인 지금 여기로 초대하고 있다는 것을….

문제는 다정한 관심을 갈망하는 상황입니다. 위기는 전환점입니다. 질병(불편함)은 깊이 휴식하고 놓아 버리라는 요구입니다. 트라우마는 상상하지도 못했던 종류의 받아들임으로 초대하는 것입니다. 맹렬한 의심은 최고 지성의 폭발이며, 자기의 직접 경험을 깊이 신뢰하고 알지 못하는 것을 두려움 없이 과감히 계속 수용해 보라는 부름입니다.

모든 것이 잘못되고 있는 것 같을 때도 멈추고, 숨을 쉬고, 기억하세요. 불멸의 현존이라는 당신의 광대한 영역에서는 아무것도 잘못될 수 없다는 것을….

완벽한 사랑

내가 말해야 했던 것들,
내가 외면했던 방식들,
내가 아닌 나의 이미지를 지키려 하면서,
내가 알지 못하던 구원을 위해.

하지만 이제 나는 배웠습니다,
그 구원은 돌아서서 직면하는 데,
이런 이미지들을 하나하나 불태우는 데 있으며,
이 소중한 자녀들을,
내가 아무것도 아닌 것이 될까 봐 두려워
사랑으로 질식시킨 자녀들을
놓아주는 데 있다는 것을…,

이 일은 실제 자녀를 놓아주는 것보다 더 어려울 수도 있습니다.

하지만 조건 없는 사랑이 쉽다고 누가 말하던가요?
그것은 쉽지 않은 일입니다.

그것은 내면의 집단 학살입니다.
불길은 차별 없이 파괴합니다.
나의 어느 한 부분도 남기지 않고.

하지만 이 사랑을 영영 모르고 사느니 차라리 알고 죽겠습니다.

그러니 친구여, 동정은 하지 마세요.
내가 불살라지는 동안 내 곁에 앉아 있으세요.

마지막으로 내 손을 잡아 주세요.
당신의 따뜻한 존재를 느끼게 해 주세요.
나만의 불완전한 방식으로 언제나 당신을 사랑했음을 알아주세요.

내 옛 자아의 악취 나는 짙은 연기 사이로,
절대 지나가지 않을 것 같았던 모든 것이 지나가면서
말로 표현할 수 없는 자유의 냄새가 나는 게 느껴지나요?
이제 이해가 되나요?

현존하지 않을 자유

우리는 지금 여기에 있고 현존하라고 권유받는데, 이는 아마 한동안은 유익한 실습일 것입니다. 하지만 다음에는 더 깊이 들어가 질문해 보세요. "현존할 수도 있고 현존하지 않을 수도 있다는 이 '나'란 무엇일까?"

그러면 곧 참된 자기는 의식이 현존하거나 현존하지 않는 동안에도, 모든 생각과 감각과 감정이 일어나는 동안에도 늘 현존하며, 변하지 않고 파괴될 수 없고 매우 친밀한 바로 그 현존이라는 것을 발견하게 됩니다. 참된 당신은 인생의 모든 경험에서 공통 분모입니다. 참된 당신은 모든 경험의 변하지 않는 바탕입니다.

그러니 가장 큰 선물을 자신에게 선사하세요! 현존하거나 현존하지 않을 자유를….

유일한 신

가장 신성하고 성스럽고 깊이 종교적인 것 가운데 하나는 개인의 종교를 완전히 잃어버리고, 신에 대한 간접적인 믿음을 버리고, '신'이라는 단어가 늘 가리켜 온 (말과 소리와 이미지와 지나가는 경험 너머의) 것이 무엇인지를 깨닫는 것입니다.

신을 하나의 단어, 믿음, 이미지, 느낌, 관념, 이야기, 꿈, 이념으로 제한하는 것, 신을 한시적인 종교 체계에 가두는 것은 광대함을 한정시키는 것이며, 신에게 경계, 안과 밖, 형체, 모습, 제한된 시간의 틀을 부여하는 것입니다. 신을 믿는 것, 신을 생각하는 것, 신을 꿈꾸는 것, 신에 관해 논쟁하는 것, 어떤 식으로든 신을 '내 것'이나 '우리 것'이라고 주장하는 것은 우리 자신을 신과 서로에게서 분리하는 것이며, 구분이 전혀 없는 곳에 구분을 짓는 일입니다. 그것은 우상 숭배, 즉 모습과 이야기, 관념적 진실을 숭배하는 것이며, 죄는 아니지만 엄청난 제한이고, '신'이라는 은유로만 암시할 수 있는 것을 인간이 망각하는 것입니다.

신은 우리가 만지고 맛보고 듣고 냄새 맡고 알고 상상하고 꿈꾸는 모든 것보다, 전체보다 작을 수 없으며, 우리가 개인적인 종교의 신을 꿈꾸든 신의 비존재를 꿈꾸든, '신'이라는 말은 인간의 믿음과 지식, 심지어 신앙 이전에 있는, 그 모든 것을 낳는 그것을 가리키는 단어이자 은유입니다. 이 신은 너무나 광대해서 우리의 신앙조차 그것을 담기에는 너무 작고, 우리의 과학은 그것에 닿을 수 없지만, 신은 바로 다음 호흡처럼 친밀하고 명백하며 현존합니다.

우리는 서로 다른 종교를 믿고, 서로 다른 믿음을 고수하고, 서로 다른 방식으로 옷을 입고, 서로 다른 언어를 사용할 수 있지만, 우리는 모두 같은 신, 즉 현존 자체와 은밀히 친밀합니다.

너무 버거운 삶?

때로는 존재하는 것 자체가 너무 버겁게 느껴질 때가 있습니다. 인생이라는 바다의 파도가 너무 거세서 더 멀리 나아가지 않으면 파멸할 것만 같고, 유일한 '해결책'은 현재의 경험을 벗어나 주의를 다른 데로 돌린 뒤, 미래의 자유나 깨어남을 꿈꾸는 것으로 보입니다. 아픔, 두려움, 슬픔, 기쁨, 행복은 너무 크고, 감당할 수 없을 정도로 거대하고 너무 강렬해서, 마치 곧 죽을 것만 같고, 삶의 무게에 짓눌리거나 그 불길에 타 버릴 것 같고, 그렇게 죽기 직전에 있는 것 같을 때는, 완전한 소멸 직전에 있는 것 같을 때는 무서울 수 있습니다.

어쩌면 우리가 두려워하는 것은 죽음이 아니라 너무 버거운 삶일지도 모릅니다.

그러나 바다 그 자체인 당신, 이 모든 사랑하는 물결을 품고 있는 광대한 의식의 공간인 당신은 정말로 파괴될 수가 없습니다. 왜냐하면 당신은 모든 물결이 자기 자신의 움직임일 뿐이며, 본질적인 당신을 실제로 해칠 수는 없다는 것을 알기 때문입니다. 물결은 물을 압도할 수 없고, 폭풍은 바다를 파괴할 수 없고, 토네이도는 하늘을 손상시킬 수 없고, 눈물방울은 스스로 울 수 없으며, 이러한 앎에 자리 잡을 때 우리는 위축되기보다는 확장할 수 있고, 긴장하기보다는 이완할 수 있으며, 자신이 완전히 압도당하도록 허용할 수 있습니다. 동시에 본질적인 우리 자신은 정말로 압도당할 수는 없다는 것을 알고, '너무 버거운' 상태라는 그 도달하기 어려운 지점에 이르면 몸의 광대하고 창조적인 사랑의 지성이 즉시 우리의 의식을 잃게 할 것이라는 것을 압니다. 그러니 우리는 언제든 '너무 버거운' 상태를 겪지 않을 것입니다.

그래서 우리는 삶의 고통과 행복이 우리를 압도할 수 없다는 것을 알고 몸의 지성을 신뢰하면서 그 고통과 행복에 두려움 없이 마음을 열고, 그 모든 것을 우리 자신 안에 통합할 수 있습니다. 그러면 우리 안의 가장 어두운 곳조차 빛으로 가득 차고, 상실이 사랑으로 변하고, 아픔이 연민으로 변하며, "찾으라, 그러면 찾을 것이다"라는 가장 뿌리 깊은 개념이 사랑 안에서 녹아내려, "찾기를 멈추어라. 아이야, 너 자신 안에서 깊이 쉬어라. 그러면 네가 발견되리라"로 변할 수 있습니다.

우리의 상처에 빛을 비추면

상처를 숨기지 마세요, 친구여.
이 마지막 촛불에 그 상처들을 드러내세요.
당신을 판단하지 않겠습니다.
보세요, 우리는 모두 상처를 입었습니다.

상처를 입는 것은 부끄러운 일이 아닙니다.
당신은 많은 전투를 치렀습니다.

당신의 상처는 당신의 잘못이 아닙니다.
빛을 비추면, 상처들은 더 깊은 치유를 상기해 줍니다.
빛을 비추면, 상처들은 상처받지 않는 것으로 부르는 초대장이 됩니다.

상처들의 핵심에서
깨달음보다 한없이 깊은 거기에서
말 없는 할렐루야가 깨어납니다.

완벽하다는, 전해 들은 이미지에 비하면
당신은 그냥 상태가 좀 '엉망'일 뿐입니다.

7월

당신 안의 의식과 내 안의 의식은

겉보기에는 둘이지만 실제로는 하나이며,

하나가 되고 싶어 합니다,

그것이 사랑입니다.

_니사르가닷타 마하라지

삶의 순환에는 '편'이 없습니다

세계 곳곳에서, 매일 뉴스에서 사람들이 사람들을 죽입니다. 한쪽 '편' 사람들이 다른 '편' 사람들을 죽입니다. 모든 '편'은 다들 자기들이 옳다고 주장합니다. 모든 '편'은 오래된 고통을 붙들고 있으며, 자기들이 그 고통을 놓을 수 없고 놓지 않을 세상의 모든 이유를 내세우며 먼저 놓지는 않으려 합니다. 인류의 역사만큼이나 오래된 비극의 이야기입니다.

언제쯤 깨달을 수 있을까요? 우리는 모두 똑같은 하나의 의식이 변장한 모습이라는 명백한 사실을요? 우리 자신이 누구라고 생각하든, 우리의 겉모습이 어떠하든, 우리의 이야기와 역사, 종교, 국적, 신념, 피부색, 무거운 과거와 불확실한 미래 너머의 우리는 모두 하나의 생명의 표현이라는 것을요? 진실을 말하자면, 이스라엘인이나 팔레스타인인, 유대교인이나 기독교인, 이슬람교인이나 불교인, 무신론자나 불가지론자, 공화당원이나 민주당원, 구루나 제자는 없으며, 그런 이미지들은 우리를 정의할 수 없다는 것을요? 바다의 물결들로 광활한 바다를 정의할 수 없듯이, 가장 근본적인 수준의 참된 우리 자신은 뭐라 정의할 수 없고, 신비하며, 고정되거나 분리되어 있지 않고, 어떤 이미지와 동일시될 수 없다는 것을요?

의식(意識)에는 종교도 없고 국적도 없습니다. 그 의식에서 팔레스타인인과 이스라엘인, 구루와 제자, 빛과 어둠, 끊임없이 변화하는 꿈 세계의 음과 양이 나옵니다.

우리는 의식 자체입니다. 그러므로 우리가 서로에게 상처를 줄 때, 우리는 자기의 형제자매, 친척, 자기의 물결들을 다치게 할 뿐입니다. 우리는 자기의 본래 얼굴(본래면목)이 거울에 비친 모습들과 싸우고 있을 뿐입니다. 우리가 사랑하는 사람들을, 오래전부터 사귄 오랜 친구들을 죽이고 있을 뿐입니다.

외부의 전쟁이 내면의 평화로 이어진 적은 없습니다. 얼마나 더 많은 피를 흘려야 할까요? 얼마나 더 많은 고통이 있어야 할까요? 얼마나 더 많은 남성과 여성, 아이들이 한없이 사라져야 우리가 깨어날 수 있을까요?

저 피 흘리는 아이는 내 아이입니다. 삶의 순환에는 '편'이 없습니다.

자연 치유

우리의 상처를 무시하거나 부정하거나 억압하거나 방치하거나 밀어내면, 상처는 곪기 시작하여 결국에는 우리 자신과 주변 사람들을 병들게 합니다.

신체의 상처, 감정의 상처는 다정한 관심을 받을 때, 지금 이 순간의 드넓은 풍경에 존재하도록 허용될 때, 우리 자신인 앎의 사랑의 빛에 조건 없이 비추어질 때, 노력하지 않아도 자연스럽게 치유되기 시작합니다.

오해하지 마세요. '치유'는 망가진 것을 고치는 것이 아니며, '나쁜' 것을 '좋게' 만드는 것도, 심지어 어둠을 빛으로 바꾸는 것도 아닙니다. 그보다 훨씬 깊은 것입니다. 그것은 원초적인 수준에서는 망가진 것이 전혀 없고, 어둠도 없고 어둠에 대항하는 것도 없으며, 상처조차도 실은 멈춘 뒤 우리의 더 깊은 원래 본성을 기억하라는 초대임을, 즉 늘 현존하고, 죽지 않으며, 태어난 적이 없고, 이미 온전한 우리의 본성을 기억하라는 초대임을 이해하는 것입니다.

앎의 빛으로 보면, 우리의 상처는 실제로는 우리의 상처가 아니며, 질병과 건강, 무지와 깨어남, 죄와 구원에 관한 모든 물려받은 믿음과 견해로부터 우리를 치유하는 가장 위대한 영적 스승입니다.

수월한 변화

완벽한 연인이나 배우자를 원하시나요? 완벽한 엄마나 아빠를? 완벽한 직장 상사를? 완벽한 몸을? 완벽한 감정을? 완벽한 깨달음을? 완벽한 삶을?

바로 지금, 여기에 있는 것을 깊이 받아들여 보면 어떨까요? 불완전하고 해결되지 않은 자기 자신을 지금 있는 그대로 깊이 받아들여 보면 어떨까요? 다른 사람들을 실제 있는 그대로 깊이 받아들여 보면 어떨까요?

시작하기에는 이상한 곳 같을 것입니다. 조금… 앞뒤가 바뀐 것 같은. 포기하는 것 같은. 우리가 마땅히 받아야 할 몫보다 적은 것에 안주하는 것 같은. 영적인 나약함 같은. 그것은 "밖으로 나가서 원하는 것을 얻어라"고 하는 사고방식에 반합니다.

현존, 지금 여기 있음, 지금 이 순간 앎에 관한 이러한 가르침은 지나치게 단순하고 심지어 나이브해 보일 수도 있습니다. 오해되고 무시되기 쉽습니다.

결국, 누가 과거와 미래에 관한 꿈을 내려놓고 불가사의한 순간을 마주하고 싶어 할까요? 누가 인생의 연약함과 소중함, 덧없음, 그 씁쓸하고 달콤한 선물을 인정하고 싶어 할까요? 누가 자신의 무력함을 직시하며, 깊고 한없는 겸손을 알아보고 싶어 할까요? 누가 시간에 대해 죽고 싶어 할까요? 누가 통제를 포기하고 싶어 할까요? 누구의 가슴이 그런 은혜를 받아들일 수 있을까요?

존재의 가장 심오한 진실은 단순하지만, 지나치게 단순화한 것은 아닙니다.

'지금 있는 것'을 받아들이는 것은 변화의 가능성을 포기하는 것인가요? 아니요, 전혀 아닙니다.

받아들임이란 어떤 행위를 용인하거나 '참는 것'인가요? 폭력적인 충동이라도 맹목적으로 따르는 것인가요? 전혀 그렇지 않습니다.

받아들임이란 무관심하고 소극적인 태도를 보이며, 폭력에 눈을 감고, 다른 사람들이 우리 자신과 우리가 사랑하는 사람들을 밟고 지나가도록 내버려 두는 것인가요? 절대 아닙니다.

받아들임이란 새로운 역할, 즉 '영적으로 매우 진보하고, 깊이 수용하며, 어떤 것에도 영향받지 않는 완전히 평화로운 사람'의 역할을 하는 것인가요? 아니요. 받아들임은 역할이 아니며 개인적인 것이 아닙니다.

깊은 받아들임은 바로 지금 삶을 똑바로 바라보는 것입니다. 그것은 멀리 있는 것이 아니라 지금 여기에 있는 것을 향해 돌아서는 것을 의미합니다. 희망과 꿈을 놓아 버리고, 정말로 진실한 것에 눈뜨는 것을 의미합니다. 전쟁을 끝내고, 이 신비한 삶의 움직임에서 분리된 하나의 '자아'라는 환상을 꿰뚫어 보는 것입니다. 지금 있는 그대로와 완전히 정렬하는 것입니다. 어떤 일이 일어나든 마침내 집에 있는 것입니다.

이 순간을 깊이 받아들이면, 창조적이고 지성적인 변화, 놀랍도록 수월한 변화가 나올 수 있는데, 그것은 최고의 역설입니다.

마음은 변화를 담당하지 않았습니다.

폭풍의 '나'

큰 폭풍이 다가오면 편히 쉬세요.
아는 것이 다 바닥나면 편안히 이완하세요.

폭풍의 눈 속에서,
광란의 중심에서,
자신에 관한 상상만을 잃을 것입니다.
정의(定義)들을 잃을 뿐입니다.

폭풍은 당신의 사랑할 능력이나
살아 있다는 감각은 파괴하지 못합니다.
폭풍은 당신이 오래전에 알고 있던 것을
떠올리게 해 줄 것입니다.

그러니 지금, 폭풍이 오기 전
고요함 속에 서서 기다리다가
폭풍의 한없이 고요한 중심으로
아무 선택권 없이 낙하하세요.

위기를 만나기

우리는 큰 변화의 시대에 살고 있습니다. 어쩌면 우리는 항상 그랬을지도 모릅니다.

나와 대화를 나눈 분들 중 많은 사람이 개인의 삶에서 큰 변화와 격변을 겪고 있습니다. 그들은 이 상황이 이해되지 않습니다. 그들이 믿었던 모든 것이 의심스러워졌습니다. 그들은 길을 잃었다고, 진정한 자기의 삶이 아닌 삶을 살고 있다고 느낍니다. 나도 몇 년간 이런 일을 겪었습니다.

위기는 사실 건전한 것입니다. 위기(crisis)는 뱀이 허물을 벗는다는 뜻입니다. 낡은 방식, 정체된 정체성은 더이상 맞지 않습니다. 고통 없이는 진정한 변화가 있을 수 없습니다. 십자가에 달린 예수나 깨닫기 전의 붓다를 생각해 보세요.

변화는 피할 수 없는 것이며, 늘 여기에 있는 초대장은 변화의 고통을 향해 돌아서라는, 이 순간을 마치 자신이 선택한 것처럼 초대하라는 것입니다.

꼬리표의 밑

우리는 식물, 동물, 별, 심지어 자신의 친밀한 감정까지 모든 것, 모든 사람에게 이름을 붙입니다. 우리는 '슬픔'이라고 부릅니다. '화'. '두려움'. '지루함'. '혼란'. 이런 단어들은 우리가 어렸을 때 배운 단어들입니다.

하지만 이런 꼬리표들의 밑에는, 이 추상적인 언어 이전에는 말로 표현할 수 없고, 생각으로 포착할 수 없는, 여기에 심오하게 살아 있는 신비가 있습니다.

경험에 관해 우리의 마음이 만들어 낸 묘사가 없다면, 우리가 지금 무엇을 경험하고 있는지 알 길이 있을까요? '슬픔'이라는 꼬리표를 제거하면, 여기에 무엇이 살아 있나요? '화'라는 묘사를 제거하면, 우리가 느끼는 이 열정적인 날것의 에너지는 무엇인가요? 어떤 감정을 '긍정적인' 또는 '부정적인', '올바른' 또는 '잘못된', '건전한' 또는 '불건전한'이라고 부르는 것을 멈추면, 어떻게 될까요?

삶이라는 날것의 감각으로, 몸이 지금 이 순간 추는 춤으로 돌아와 보세요. 이 여과되지 않은, 역동적인, 날것 그대로의 생명 에너지는 무엇인가요? 우리는 꼬리표가 붙기 이전의 삶과 닿을 수 있을까요?

친구여, 이것은 성스럽고 친밀하고 친숙한 생명의 강이며, 우리는 그 흐름과 분리될 수 없는 존재입니다. 모든 생각, 감각, 감정, 이미지는 우주의 신비로 가득합니다.

벗어날 수 없는 지금

지금[*] 안에 있을 수 있다면 지금을 벗어날 수도 있습니다. 하지만 누가 지금 안에 있거나 지금을 벗어날 수 있을까요? 그리고 언제? 지금?

지금을 벗어나는 경험조차, 그게 가능하다면, 지금 일어나고 있을 것입니다. 우리는 지금을 벗어나거나 피할 수 없습니다.

과거와 미래, 이전과 이후, 어제와 내일, 그때와 지금이라는 모든 관념도 지금 일어나며, 그러므로 지금은 자기 바깥의 어떤 것도, 경계도, 반대되는 것도, '자기와 다른 것'도 알지 못합니다. 그것은 시간 이전입니다. 그것은 '지금'의 관념들이 녹아 없어져… 고요하고 말 없는 '와!'로 변하는 자리입니다.

---

* 여기에서 말하는 '지금(Now)'은 현재의 시간이 아니라, 지금 있는 존재 즉 '현존'을 가리킨다.—옮긴이

황금

슬픔을 피하려 하면,

화를 외면하면,

두려움의 여기에 있을 타고난 권리를 부정하면,

우리의 아픔을 차갑고 어두운 거리로 내쫓으면,

우리가 어떻게 알 수 있을까요?

이것들이 오래전 우리 자신의 불로 제련되고

황금으로 만들어진 귀한 선물인지 아닌지를.

죽고 싶은 친구 곁에 있는 방법

심각한 정신적 문제를 겪는 친구와 함께 있을 때, 당신은 의료 위기만이 아니라 영적 위기의 목격자입니다. 친구가 죽음을 갈망하는 것은 사실 참된 **집**을 갈망하는 것임을 이해하세요. 그들은 악몽에서 깨어나려 애쓰고 있습니다. 그들의 위기는 곧 기회입니다.

그들은 진정한 자신인 **참된 자기**를 죽일 수 없으며, 이제까지 자신이라고 상상했던, 작고 제한된 '자아'만을 죽일 수 있다는 것을 이해하세요. '스스로 목숨을 끊고', '이 세상을 떠나고', '자아를 죽이고' 싶은 그들의 갈망은 몸마음을 자기 자신으로 믿는 잘못된 동일시를 부수고 진리로 깨어나고 싶은 은밀한 갈망입니다. 죽고 싶은 그들의 갈망에는 지성과 창조성이 담겨 있으며, 존중받을 가치가 있습니다. 그것은 잘못이나 일탈, 적이 아니며, 진짜인 것을 향한 갈망입니다.

죽고 싶은 충동(그것은 그렇게 위장한, 살고 싶은 충동입니다)이 그들 안에서 맹렬히 타오를 때, 그들을 안아 주고 품어 주세요. 바로 지금 그들이 어떤 상태에 있는지를 확인해 주세요. 그들을 통제하거나, 그들이 느끼는 감정을 막으려 하지 마세요. 삶의 의욕을 북돋우려 하거나, 사실은 모든 것이 괜찮다고 말하거나, 자신의 불편함에서 벗어나기 위해 뻔한 답을 주려 하지 마세요. 그들은 그런 답에 질려 있습니다! 그들과 함께 깊이 들어가 보세요. 그들을 고치려 하지 말고, 심지어 죽고 싶은 욕망이 잘못되었거나 병들었거나 타당하지 않다고 설득하려 하지도 말고, 그들의 외로움 속에서 그들을 만나세요. 그들의 손을 잡아 주세요. 아무도 감히 가 보지 못한 곳으로 가세요. 기억하세요. 당신은 오직 자기 자신을 만나고 있을 뿐이며, 죽음에 대한 자신의 두려움을, 아마도 심지어 죽고 싶은 자신의 은밀한 갈망을 만나고 있을 뿐이라는 것을….

그들에게 말할 때는 치유자로서 피해자에게, 선생으로서 학생에게, 전문가로서 초보자에게 말하지 말고, 친구로서 친구에게, 지성으로서 지성에게 말하세요. 서로를 구분하는 역할을 넘어 그들을 만나 보세요.

그들은 깊은 정체성의 위기를 겪고 있으며, 이는 필수적인 통과의례입니다. 치유에는 항상 위기(예상치 못한 갑작스러운 변화)가 따릅니다. 그들 안에서 어떤 것, 어떤 오래된 아픔이 느껴지고, 만져지고, 확인되기를 갈망합니다. 이것은 인류만큼이나 오래된, 사랑에 대한 간청입니다. 누가 경청할까요?

그들은 간절히 살고 싶지만, 방법을 모릅니다. 그들은 친밀한 연결을 갈망하지만, '이번 생'에서는 찾지 못합니다. 그들은 깊은 받아들임과 깊은 휴식을 갈망합니다. 비록 지금 당장은 그들이 떠나고 싶다고 느끼더라도, 삶으로 그들을 어루만지고, 머물겠다는 당신의 의지를 보여 주세요. 여기에서, 이 삶에서, 이 순간에, 이 자리에서 사람 사이의 깊은 연결이 가능하다는 것을 상기시켜 주세요. 그들이 깊은 절망 속에 있을 때도 혼자가 아니라는 것을 보여 주세요.

그들의 위기에 함께하세요. 당신의 현존은 수많은 말보다 더 많은 것을 말해 줍니다. 여기서 당신의 두려움은 필요 없습니다. 당신은 성스럽고 친밀한 무언가를 목격하고 있습니다. 당신의 모든 것을 제공하세요.

아마 당신은 그들을 바로잡거나 구하는 방법을 몰라도 될 것입니다. 아마 그것은 당신의 진정한 소명이 아닐 것입니다.

그들이 살려고 하든 죽으려고 하든, 알지 못하는 그 이상한 자리에서 지금 그들을 만나 보세요. 그들과 함께 자각하는 순간을 보내세요. 깊이 경청해 보세요. 그들은 자신이 아는 유일한 방법으로 자기를 치유하고 있다는 것을 기억하세요.

8월

당신 앞에 놓인 길이 분명히 보인다면

아마 다른 사람의 길을 걷고 있을 것입니다.

_조셉 캠벨

더없는 안도감

현실을 직시하세요. 당신의 인생은 언제나 잘 풀리지는 않을 것입니다.

할렐루야.

다시 말해, 당신의 인생 '이야기'는 언제나 불완전할 것입니다. 이야기의 본질이 그렇습니다. 늘 불완전하고, 늘 결론을 추구하고, 늘 시간과 변화에 매여 있는…

인생이라는 영화에서 모든 일이 항상 계획대로 흘러가지는 않습니다. 사람들이 항상 당신을 이해하지는 못합니다. 그들은 당신의 말을 잘못 알아듣고, 잘못 인용하고, 잘못 전할 것입니다. 당신의 뜻을 아무리 명확히 표현하려고 해도 사람들은 자기만의 생각과 견해를 형성할 것입니다. 당신의 성공이 실패로 바뀔 수 있습니다. 당신의 부유함이 가난으로 바뀔 수 있습니다. 사랑하는 사람들이 당신 곁을 떠날 수 있습니다. 해결된 문제가 새로운 문제로 이어질 수 있습니다. 아무리 많이 가지고 있어도 더 많이 가질 수 있고, 더 많이 잃을 수 있습니다. '내 인생'의 이야기에서는 언제나 잘 풀리지는 않을 것입니다. 그리고 설령 잘 풀린다고 해도, 그것이 당신에게 어떤 의미가 있든, 당신은 여전히 지금, 이 순간, 여기에 있을 것입니다.

이곳이야말로 일이 '잘 풀릴' 수 있는 유일한 곳입니다.

실제로는 이야기 너머에서는 이미 모든 것이 잘 풀렸습니다. 이 순간, 현실에는 이미 목표도 없고, 완벽함이라는 이미지도 없고, 비교도 없고, '해야 한다'나 '하지 말아야 한다'도 없으며, 바로 지금 나타나는 생각, 감각, 감정, 소리, 냄새는 당신의 인생이라는 영화에서 이 순간에 완전히 알맞고, 놀랍도록 적합하며, 아름답게 시기적절합니다.

각본이 없다면, 어떻게 이 순간이 각본에서 벗어날 수 있을까요? 계획이 없다면, 어떻게 인생이 계획대로 흘러가지 않을 수 있을까요? 길이 없다면, 어떻게 길을 벗어날 수 있을까요?

인생은 언제나 잘 풀리지는 않을 것이고, 잘 풀릴 수도 없으며, 원래 잘 풀리지 않는 법이라는 것을 깨달으면, 더없는 안도감을 느끼고, 더없이 편안해지며, 모든 것의 실제 있는 그대로 성스러움에 깊이 빠져들게 됩니다. 당신의 인생은 불완전한 문제투성이일지 모르지만, 그것은 불완전한 문제투성이인 채로 완벽하게 신성하며, 성스러운 예술 작품입니다. 때로는 그렇다는 것을 잊어버리더라도.

굴욕감은 순식간에 겸손으로 바뀌고, 남은 것은 오직 주어진 것, 아직 빼앗기지 않은 것에 감사하며 무릎을 꿇는 것뿐입니다.

믿음

나는 아무것도 믿지 않습니다.

나는 종교가 없습니다. 돈이라는 신, 과학이라는 신, 무신론이라는 신을 포함한 어떤 신도 믿지 않습니다. 나는 현실에 관한 고정된 이론을 가지고 있지 않습니다. 천국과 지옥, 카르마, 윤회, 깨달음에 대한 추구를 아름다운 동화로 봅니다. 나는 구루도, 계보도, 스승도 없으므로 모든 것이 나를 가르쳐 줍니다. 나는 의심과 심오한 불가사의를 가장 신뢰하는 동반자로 봅니다.

나는 내 앞에 직접 나타나는 길 말고는 어떤 길도 걷지 않습니다. 나 자신의 현존 말고는 어떤 집도 없습니다. 실제로 일어나는 일 말고는 어떤 것도 믿지 않습니다. 두려움 없이 살아가는 것 말고는 인생에서 어떤 의미도 찾지 못합니다.

나는 오늘이 내 마지막 날이 될 수도 있다는 것을 압니다. 주어진 모든 것, 사라진 모든 것에 감사함을 느낍니다. 나는 언어에 내재한 한계를 알면서도 언어를 가지고 노는 것을 좋아합니다. '나', '나의'라는 단어를 사용하는 것이 농담과 같음을 알면서도 그 단어들을 즐겨 사용합니다. 나 자신은 '나의 이야기'가 아니라는 것을 깨닫고, 그것*

* 나는 '나의 이야기'가 아니라는 것. — 옮긴이

조차도 이야기일 뿐이라는 것을 깨닫습니다.

나는 나 자신에 관해 말하는 것이 불가능하다는 것을 압니다. 경험은 끊임없이 변하기 때문입니다. 나는 나 자신에 관해 얘기하는 게 쉽다는 것을 압니다. 참된 나는 전혀 변하지 않기 때문입니다. 가장 깊은 수준에서는 내가 당신과 완전히 동등하다는 것을 압니다. 나는 이 모든 문장이 진실의 희미한 모방이라는 것을 압니다.

나는 아무것도 믿지 않습니다. 나는 종교가 없습니다.

들어오는 숨. 나가는 숨 말고는. 그리고 끝없이 깊어지는 경이로움.

필요로 하지 않는 사랑

잔인할 정도로 정직하고 사랑하며 자유롭게 하는 마음:

"당신을 사랑합니다. 당신을 존중합니다. 당신과 함께 있고 당신과 함께 지내는 게 좋습니다. 하지만 내 만족을 위해 당신을 필요로 하는 건 아닙니다. 당신은 내 행복에 책임이 없습니다. 내가 불행해도 당신 탓이 아니며, 앞으로도 당신 탓이 아닙니다. 당신은 나의 기대에 부응해야 하고, 나의 끝없는 요구에 맞춰 변해야 하고, 나를 완성해 주어야 한다는 견딜 수 없는 부담에서 이미 해방되었습니다. 나는 이미 있는 그대로 완전하기 때문입니다. 당신을 사랑합니다. 당신을 존중합니다. 있는 그대로."

갑작스러운 깨어남

사랑하는 사람이 몸이라는 모습을 벗거나*, 예상치 못한 질병을 진단받거나, 어떤 인간관계가 끝나거나, 깊은 충격이나 상실을 경험할 때, 오래전부터 익숙한 친구인 비통함이 그렇게 우리를 흔들어 대면, 우리는 잠에서 '갑작스럽게 깨어날' 수 있습니다. "이건 계획에 없던 일이야"라고 우리는 말합니다. 그럴 때는 왠지 인생이 '잘못된' 것 같고, 우주가 궤도를 이탈한 것 같고, '내 삶'이 끝장나 버려 다시는 회복될 수 없을 것 같은 느낌이 듭니다.

하지만 실제로 일어난 일은 무엇인가요? 꿈을 잃은 것 말고는. 무엇이 정말 죽었나요? 확실해 보이던 우리의 미래 계획 말고는. 우리는 저녁노을을 바라보며 함께 걷는 꿈을 꾸었고, 함께 할 모든 일, 함께 누릴 모든 재미, 함께 이룰 모든 것을 꿈꾸었습니다. 우리는 그런 꿈들, 그런 계획들, 그런 기대들을 품고 너무 오랫동안 살았기에 우리가 꿈꾸고 있을 뿐이라는 것을 잊고, 그런 꿈들을 '내 삶'의 현실로 받아들였습니다. 이제 그 꿈이 무너지고 나니, 남은 것은 무엇인가요?

하지만 그 영화 같은 미래는 '어차피 일어나지 않을 일'이었습니

* 세상을 떠난다는 뜻.— 옮긴이

다. 곧 실현될 것 같았던 우리의 계획과 꿈이 우리의 무능함이나 불운으로 망쳐진 것이 아닙니다. 그것은 어차피 일어나지 않을 일이었습니다. 왜 그럴까요? 일어나지 않았기 때문입니다. 우리가 아무리 반박하고 싶어도 그것이 현실입니다.

그것은 크나큰 차이입니다. 그것은 '내 것'이었던 것을 돌이킬 수 없이 영영 잃어버리는 것과, '내 것'이라고 믿었던 것이 전혀 내 것이 아니었다는 사실을 깨닫는 것의 차이입니다.

우리는 실제로는 자신의 잃어버린 정체성, 잃어버린 이미지, 잃어버린 자아에 대해 비통해합니다. 우리가 '저 밖'에 있는 어떤 것이나 어떤 사람에 대해 비통해하는 것처럼 느껴지지만, 사실 죽음은 그보다 훨씬 가깝고 더 친밀합니다.

그리고 삶의 초대는 이것입니다. '그 내적인 죽음과 함께 머무르세요.' 내가 자주 말하듯이, 그 엉망인 상태와 함께 머무르세요. 현재의 경험에서 한 치도 벗어나지 마세요. 거기에는 황금이 숨겨져 있을 수 있으며, 거기에서 벗어나려고 하면 그것을 알지 못할 것입니다. 비통함에, 누구나 겪는 상실의 아픔에 가까이 머무르세요. 그 비통함과 아픔이 쓰라린 괴로움과 우울증으로 굳어지지 않도록, 세상이 얼마나 끔찍하고 삶이 얼마나 잔인한지 모른다는 믿음으로, 여생 동안 짊어지고 다닐 '나의 끔찍한 불운'에 관한 무거운 이야기로 굳어지지 않도록…. 그렇게 괴로움을 짊어질 필요는 없습니다.

삶 자체는 잔인하지 않습니다. 삶이 전부이기 때문입니다. 처음에 '잔인하다'고 느껴지는 것은 꿈을 잃는 것입니다. 하지만 그 상실에는 은밀한 초대가 담겨 있습니다. 모든 꿈에서 깨어나라는…. 모든 것과 삶의 모든 움직임에 내재한 완벽함을 관념이나 감상적인 믿음이 아니라 살아 있는 현실로 보라는…. 삶 자체는 실제로는 잘못되지 않으며, 도달하지 못한 목적지란 없고, 지금 당장은 그렇게 느껴지지 않더라도 우리가 느끼는 극심한 비통함조차 사랑의 움직임이라는 것을 보라는….

우리가 모든 것을 그토록 강렬하게 느끼는 것은 삶을, 서로를 너무나 사랑하기 때문입니다. 그리고 우리는 행복과 고통, 기쁨과 슬픔, 계획과 그 계획의 무산 등 모든 것을 담을 만큼 충분히 광대합니다. 참된 우리 자신은 절대로 깨지거나 상처 입거나 다치지 않으며, 절대로 상실되지 않습니다. 단지 우리의 꿈, 우리의 무지한 희망만이 산산이 부서질 뿐입니다.

그러므로 모든 상실은 어차피 이루어지지 않을 꿈을 놓아 버리고 삶을 실제 있는 그대로 보라는 작은 초대입니다. 처음에는 고통과 우울처럼 느껴지지만, 사실 그것은 마음이 이해할 수 없는 한없는 자비입니다.

모든 상실 경험의 중심에는 놓아 버리는 기쁨을, 더는 붙잡고 있을 필요가 없다는 안도감을 발견할 가능성이 있습니다.

반쪽 새

사랑스러운, 잡아맬 수 없는 새,
단단한 땅에서 반 마일 위,
집에서 절반의 세계만큼 떨어진 곳,
길을 잃을까 봐 두려워하지 마세요.

당신은 늘 나를 찾을 수 있습니다.
자신과 한없이 가까운 곳에서,
절반의 빛 속에서,
퍼덕이는 날갯짓 사이의 고요한 틈새에서,
우리가 자신도 모르게 땅 위에 드리운
견디기 힘든 그림자 속에서.

비행에 몰입해 보세요.
사랑스러운 잡아맬 수 없는 반쪽 새,
상상 속 비행의 한계들을 다 잊어버리세요.

당신을 나에게 매고, 침묵 속에서 단숨에 내려갑시다.

놀랍고 경이로움

당신이 갈망한 모든 것이 지금 여기에 이미 현존합니다. 물론, 지금 여기는 당신이 마지막에야 보려 할 곳입니다. 얼마나 기발한가요. 모든 호흡. 모든 소리. 모든 감각이 밀려와 지나갑니다. 들어오도록 이미 허용된 것들. 결코 차단할 수 없는 것들. 아픔도, 지루함도, 절망도, 당신이 원치 않고 사랑하지 않는 것처럼 보이는, 경험이라는 바다의 그런 물결들조차도 마침내 '당신'이 없는, 한 번도 가 본 적이 없는 공간으로 흘러들어오도록 허용됩니다. 그 빈 공간은 생명으로 가득합니다.

역설은 이것인데, 그 어떤 물결도, 아무리 큰 슬픔이라도 더는 당신을 건드릴 수 없다는 것입니다. 당신은 우주의 테프론[*]과 같아서 모든 것이 미끄러집니다. 하지만 그조차 사실이 아닙니다. 왜냐하면 당신은 그 어느 때보다 더 강렬하게 느끼고, 그 어느 것도 차단할 수 없으며, 자기의 자녀이며 자기의 살과 피인 자기의 물결들을 외면할 수 없기 때문입니다. 누가 외면하려 할까요, 어떻게, 무엇을? 이것이 바로 친밀하고 충만한 삶입니다. 그것은 십자가에 못 박힐 수 없

* 미국 듀퐁사가 개발한 불소수지. 테프론으로 코팅하면 표면이 매우 미끄러워진다.—옮긴이

는 그것의 영원한 십자가 못 박힘입니다.

남은 것은 감사뿐입니다. 어떤 일이든 일어났다는 사실에 대한 감사. 그 불가사의에 대한 감사. 그 모험에 대한 감사. 그리고 다시는 아무 일도 일어나지 않는다면, 이 사실을 아세요. 당신은 여기에서 그 모든 것을 목격했습니다. 당신은 그것을 알았습니다. 맛보았습니다. 느꼈습니다. 냄새 맡았습니다. 보았습니다. 차창에 비친 저물어 가는 달의 모습을. 잔잔한 물의 맛을. 목화 향기를. 명상의 고요한 깊음을. 두려움의 극심함을. 아픔의 충격을. 연애의 드라마를. 혼자임의 행복을. 할머니의 뼈를. 그것은 충분했습니다.

오, 그 이상이었어요! 사실은 너무 많았죠. 너무 많은 은혜. 과분한 은혜. 받을 자격이 없는데도 넘치도록 많이 주어진 은혜. 분리된 자아는 백만 년이 지나도 이해할 수 없는 광대함을 두려워서 외면했고, 더 많은, 더 나은, 더 좋은 것을 바랐으며, 자신이 가지고 있다고 생각한 것을 붙잡았고, 온 적이 없고 시간 안에서는 올 수도 없는 미래의 구원이나 깨달음을 추구했습니다.

하지만 삶은 사랑의 노래를 멈추지 않았습니다. '당신'만을 위해 쓰인 사랑의 노래를.

놀랍고 경이롭습니다. 친구여, 놀랍고 경이롭습니다.

오늘

당신이 살날은 하루뿐입니다. 당신이 마주해야 할 날도 하루뿐입니다. 그리고 그날은 바로 오늘, 이 살아 있는 날, 이 하루, 이 영원한 날, 유일하게 중요한 날입니다. 오늘 하루는 한 번도 살아 본 적이 없고 앞으로도 다시 살지 못할 날입니다. 유일무이한 날입니다.

우리는 모든 희망과 꿈을 내일에 걸 수도 있고, 미래의 구원이나 구세주를 기다릴 수도 있고, 올지 안 올지 모르는 깨달음이나 내세, 사후세계를 갈망할 수도 있겠지만, 생명이 넘쳐흐르는 오늘, 이 살아 있는 날을 잊지 맙시다.

이 순간, 이 호흡, 이 심장 박동, 우리가 '몸'이라고 부르는 이 활기찬 살아 있음, 이 모든 것의 가까움과 친밀함과 현존, 우리 안에서, 우리를 통해, 우리로서 움직이는 이 은혜 – 신비를 잊지 맙시다.

'지금 여기'는 우리가 실제로 가진 전부일 수 있고, 실제로 있는 전부일 수 있으며, 우리는 계속 살 것이라는 희망 없이 내일 죽을 수도 있기에, '지금 여기'는 한없이 소중하고, 기쁘고, 연약하지만 아름답고, 우리의 가장 다정한 관심, 가장 깊은 존경과 감사를 받을 자격이 있습니다.

죽음의 가능성을 충분히 숙고한 뒤에야 삶이 긍정되고, 관점과 의미가 부여되며, 모든 날 중 이날이 살아갈 가치가 있고 심지어 축하할 가치가 있게 됩니다.

"오직 지금뿐이다"라는 말은 증명하거나 반증하거나 논쟁해야 할 어떤 영리한 철학이나 말장난이나 신념이 아니라, 이 소중한 삶의 맛과 향기를 깊이 음미하라는, '삶이 어떠해야 한다'라는 생각으로 음미하는 게 아니라 '있는 그대로', 아마도 마지막으로, 아마도 처음으로 음미하라는, 모든 인간에게 보내는 심오하고 열린 초대장입니다.

우리는 오늘 하루를 아직 다 살지 않았습니다. 이 하루는 잠재력을 잉태하고 있습니다.

방

당신은 드넓은 방입니다. 생각, 이미지, 감각, 소리, 감정 등이 당신의 내용입니다. 내용은 끊임없이 움직이고 이동하고 변화하고 재배치되지만, 당신이라는 방은 늘 완벽히 고요합니다. 당신은 그 내용에 제한되거나 갇히거나 정의되거나 담기거나 완성되거나 위협받는 일이 없습니다. 어머니가 갓 태어난 아기를 품듯, 우주가 별의 탄생을 품듯, 당신은 생각, 감각, 감정을 아무 노력 없이 저절로 담고 품습니다.

참된 자기 자신이 누구인지를 아는 것, 자기 자신은 이 순간의 내용을 조건 없이 품는 존재임을 아는 것, 그것이 참된 만족입니다.

당신의 현존을 기억하세요

당신은 누구인가요? 무엇이 당신의 눈으로 보나요? 무엇이 당신의 귀로 듣나요? 무엇이 숨을 쉬나요?

당신은 분명 지금 이 글을 읽는 존재입니다. 당신은 분명 지금 들리는 소리와 감각을 인식하는 존재입니다. 당신은 분명 모든 호흡의 한가운데에 현존하는 존재입니다. 다른 곳이 아닌, 다른 시간이 아닌, 지금 여기에, 언제나 현존하는…. 따라서 '과거와 미래가 있는 사람'이라는 이야기는 참된 당신이 아니며, 그런 적도 없습니다. 당신의 참된 정체성은 역사나 꿈이 아니라 바로 지금 이 순간에 있습니다.

오고 가는 생각을 누가 알아차리나요? 감정이 일어나고 사라지는 것을 누가 아나요? 시간의 흐름을 누가 이해하나요? 신체가 늙어 가는 것을 누가 지켜보나요?

당신. 당신은 언제나 여기에 있는 존재입니다. 당신은 '자아'의 창조와 놀이를 보는 존재입니다. 우주는 당신을 위해 춤을 춥니다. 당신은 현존이며, 그 안에서 생각, 감정, 이미지, 심지어 이런 단어들까지도 바다의 물결처럼 일어나고 사라집니다. 당신은 세상 속에 있지 않습니다. 세상이 당신을 위해, 당신의 현존 안에서 나타납니다.

당신의 현존은 가장 친밀하고 단순하고 명백한 것이며, 변하지 않고 극적이지 않으며, 삶이 그 위에서 춤추는 고요한 배경입니다. 모든 질문과 답이 다시 당신 안으로 가라앉습니다. 모든 꿈이 당신의 품으로 사라집니다. 모든 것은 당신에게서 나와 당신에게로 돌아갑니다. 그리고 우리가 '죽음'이라고 부르는 것은 단지 완전히 이완하여 당신의 현존으로 돌아가는 것일 뿐입니다.

자기 자신을 찾으려면, 숨을 쉬면서 "누가 숨을 쉬는가?"라고 물어보세요. 과거의 어떤 사람이 숨을 쉬나요? 당신의 자기 이미지가 숨을 쉬나요? 당신의 이름이 숨을 쉬나요? 이야기가 숨을 쉬나요? 생각이 숨을 쉬나요? "나는 숨을 쉰다"라는 문장이 숨을 쉬나요? 자기 자신이라는 꿈이 숨을 쉬나요? 아니면, 그저 당신 안에서 숨이 쉬어지고 있나요?

판단 기준

우리는 현재의 경험을, 우리가 얼마나 멀리 나아갔는지, 목적지에서 얼마나 멀리 떨어져 있는지를 판단하는 일종의 보편적 기준으로 보는 경향이 있습니다. 현재의 경험에 아픔이나 두려움, 의심, 슬픔이 있으면, 우리는 자신이 잘못하고 있다고 판단합니다. 그리고 말합니다. "나쁜 나." "잘못된 경험!"

지금 행복과 기쁨이 있으면, 우리는 자신이 아주 잘하고 있으며 미래의 완벽한 순간에 가까워지고 있다고 판단합니다. 그리고 말합니다. "좋은 나." "올바른 경험!"

그러나 그 판단 기준은 거짓입니다. 현실에는 판단 기준이 없습니다. 올바른 경험인지를 판단할 보편적 기준이 없기 때문입니다. 우리가 나아갈 고정된 목적지나 최종 안식처는 없습니다. 현재의 경험은 다른 무엇을 위한 표시도 아니고, 그것으로 나아가는 디딤돌도 아닙니다. 성공과 실패를 가늠하는 판단 기준도 아니며, 집에 가까워졌거나 멀어졌음을 알리는 알림이나 경고도 아닙니다. 어떤 일이 일어나고 있든 그것은 참된 **집** 자체입니다.

지탱되는

사랑은 당신의 뼈를 갉아먹을 것입니다
무릎이 꺾일 때까지

당신은 바닥에 쓰러지고
거기에서 사랑이 귀에 속삭일 것입니다
"보세요, 당신은 스스로 지탱할 수 없어요"

당신은 묻겠죠
"그럼 무엇이 저를 지탱하고 있나요?"

그 뒤 당신의 눈이 사랑의 눈을 만나면,
당신은 알게 될 것입니다

9월

은혜에 내맡기세요.

바다는 모든 파도를 해안에 닿을 때까지 돌봐 줍니다.

당신은 생각보다 많은 도움을 받고 있습니다.

_루미

아름다움에 관하여

우리는 저녁노을, 바다, 꽃, 행복한 미소, 봄날의 나비, 잡지 속 슈퍼모델은 아름답지만, 기형적이거나 손상된 외모, 크나큰 슬픔, 깨진 유리와 깨진 마음과 깨진 꿈, 서커스의 괴상한 인물과 개똥은 아름답지 않으며 앞으로도 그럴 것이라고 믿도록 세뇌당합니다. 우리는 엘리펀트 맨*은 추하다고 말하고, 마릴린 먼로는 아름답다고 말합니다.

우리는 긍정적인 것과 부정적인 것, 아름다움과 추함, 심지어 삶과 죽음까지 분리했는데, 이것이 모든 폭력의 기원입니다. 삶을 관념으로 조각조각 쪼개고, 나뉘어 있지 않은 전체를 나눈 뒤, 그런 구분을 실제라 믿고 현실로 받아들이는 것이 바로 모든 폭력의 기원인 것입니다. 우리에게는 지금 자신을 못생겼다고 느끼며 자라는 아이들이 있고, 아름다워지기를 간절히 바라면서 우리가 가르쳐 준 아름다움의 이미지를 모방하려고 애쓰는 아이들이 있습니다. 우리는 화장하고, 찌르고 당기고 가리고, 아름다운 불완전함을 감추면서, 그 어느 때보다 덜 아름답고 더 외롭고 더 가짜라고 느끼며, 손에 잡히

---

* 기형적인 외모 때문에 코끼리 사람이라는 뜻의 '엘리펀트 맨'이라 불린 영국인 조셉 메릭(1862–1890)을 가리킨다.— 옮긴이

지 않는 완벽함을 위해, 적어도 손에 잡히지 않는 '적합함'을 위해 노력합니다.

세뇌를 거부하고, 타인의 인정을 받으려 하는 삶, 자기 것이 아닌 삶을 살지 마세요! 모든 것이 아름답습니다, 그 모든 것이! 또는 적어도, 그 모든 것은 반대되는 것*이나 경계를 모르는, 밑바탕에 있는 보편적인 아름다움, 존재의 아름다움, 삶 자체의 아름다움에 눈을 뜨라는 부름이며, 모든 것, 모든 것이 이것으로의 초대입니다. 거리에서 지내는 노숙자의 얼굴, 썩어 가는 것들의 악취, 피와 점액과 땀, 그 모든 것이 삶이고, 그 모든 것이 거룩하며, 우리는 이 '거룩함'의 일부를 없애고 싶겠지만, 아무리 노력해도 그것은 여전히 남아서 우리를 쿡쿡 찌르며 현실의 광대함에 깨어나도록 일깨워 줍니다.

당신의 모든 '불완전함', 모든 결점, 모든 균열과 점과 선, 모든 분비물, 숨기려고 애쓰는 모든 냄새는 당신의 죽을 운명, 바탕에 있는 겸손, 있는 그대로의 현실에 대한 당신의 은밀한 감사, 생명 자체의 독특한 표현인 당신의 헤아릴 수 없는 엄청난 힘을 기억하라는 작은 초대장입니다.

참된 당신으로 존재하세요. 영적 스승들은 늘 이렇게 말했고, 이 말은 늘 진실합니다.

누구도 당신에게 누구 또는 무엇이 아름답다고 말하게 놓아두지 마세요.

---

* 예를 들어, 긍정적인 것과 부정적인 것, 아름다움과 추함, 삶과 죽음 같은 반대되는 것.—옮긴이

시들지 않는 사랑

우리의 사랑이 외모에 좌우되면, 외모가 시들 때 사랑도 시들어 버립니다. 우리의 사랑이 감정에 의존하면, 감정이 약해질 때 우리의 사랑도 위태로워집니다. 우리의 사랑이 이야기와 결부되어 있으면, 이야기를 기억할 수 없을 때 사랑도 잊힙니다. 사랑이 모습에 매여 있으면, 모습이 필연적으로 죽을 때 사랑도 죽습니다.

모습이나 감정에 의존하지 않는 사랑이 있을까요? 조건 없는 사랑이 있을까요? 질병과 죽음에 영향받지 않는 사랑이 있을까요?

물론, 있습니다. 모든 생각, 모든 감각, 모든 소리를 자기의 자녀로 맞이하며 환영하고, 무엇에도 집착하지 않으며, 무엇에도 저항하지 않고, "나는 참된 너 자신이니 우리는 나뉠 수 없다"고 말하는 것은 바로 이 사랑의 현존입니다.

그러니 친구여, 나는 당신을 사랑하지 않으며, 나는 당신입니다. 희망 너머의, 두려움 너머의, 사랑과 죽음에 관한 모든 생각 너머의 당신입니다.

중독의 목소리, 자유의 목소리

중독의 목소리

"내가 누구인지 잊어버렸어. 이 순간 나 자신이 부족하고 불완전하게 느껴져. 다시 완전하다고 느끼고 내 현존을 느끼려면, 내가 누구인지 다시 상기하려면, X가 필요해. X는 미래에 현존을 가져다줄 거야. 현존은 지금 내 밖에 있어. 나는 X에 의존하고 있어. 내겐 X가 필요해."

자유의 목소리

"나는 아무것도, 아무도 나 자신인 이 현존을 빼앗을 수 없다는 것을 알고 있어. 나는 X에 대한 충동, 욕망, 욕구를 느껴. 나는 그것(몸의 감각, 마음의 이미지)을 인정하고, 심지어 허용해. 하지만 나는 X가 근본적으로 이미 여기에 있지 않은 것을 나에게 주지 않고 줄 수도 없다는 것을 알아. X는 내게 현존을, 참된 평화를 가져다주지 못할 거야. 현존은 지금이야.

현존은 내 바깥에 있지 않고, 물건이나 사람, 물질 속에 있지도 않아. 그것은 가장 깊은 의미에서 나 자신이야.

충동, 위축감, 제한되는 느낌은 적이 아니고, 오히려 내가 본래 광대하고 넓은, 무한하고 변하지 않고 늘 현존하는 방과 같고, 방 안의 모든 변화하는 내용물에 활짝 열려 있다는 것을 상기해 주지.

이러한 한계감을 허용하는 것은 바로 내 안에 내재한 무한함이야. 이 위축감을 허용하는 것은 나의 자연스러운 이완이야. 나는 지금 이 순간의 평화를 위해 X에 의존하지 않아. 나는 X가 없어도 이미 온전해. 나는 지금 이미 온전해."

있는 그대로

이 순간을 허용하려고 하나요? 이 순간을 피하려고 하나요? 이 순간에 내맡기려고 하나요? 이미 너무 늦었습니다!

현재의 생각, 감각, 소리, 감정은 이미 여기에 있습니다. 이 순간의 수문(水門)은 이미 활짝 열려 있으며 닫을 수 없습니다. 현재의 생각, 감각, 소리, 느낌은 이미 밀려들고 있습니다. 다시 말해, '당신'은 이 순간을 차단하는 데 이미 실패했습니다! 여기에는 수문을 통제할 사람도, 삶과 분리된 사람도, 이 거친 에너지의 흐름을 막을 사람도 없습니다. 참된 당신은 어찌할 수 없이, 선택의 여지 없이, 조금도 힘들이지 않고 이 순간을 허용하고 있습니다.

한계 없는 자유와 무한한 창조적 표현, 심지어 자비롭고 지성적인 행동의 열쇠는 '이미 있는 그대로'인 경험의 본성을 알아보는 것입니다. 이 말이 합리적인 마음에는 아무리 모순되게 들리더라도…. 합리적인 마음은 변화가 이야기를 통해서만 올 수 있고, 깊은 휴식은 정체와 수동성에 불과하며, 노력이 필요 없는 상태는 노력을 통해서만 올 수 있다고 믿습니다.

이 순간을 허용하거나 이 순간에 저항하려는 시도는 잊어버리고, 삶을 통제하거나 그 통제권을 포기하려는 시도는 잊어버리고, 이해되지 않아도 더 깊은 수준에서는 이 순간이 이미 완전히 허용되었으며, 지금 당신이 느끼고 감각하고 냄새 맡고 맛보는 것은, 받아들이거나 받아들이지 않는 사람이라는 '당신'의 이미지가 떠오르기 전, 완전한 수용의 결과일 뿐임을 알아차리세요.

이야기 너머의 참된 당신은 이미 이 순간 전체에 '예스'라고 말하고 있습니다.

더는 이해되지 않아도

바로 지금(지금만 있습니다), 더는 아무것도 이해되지 않아도 괜찮을 수 있을까요?

때로는 세상의 모든 것이 무질서해 보입니다. 견고하고 확실하며 예측할 수 있고 신뢰할 수 있다고 생각했던 모든 것이 종잇장처럼 얇고 무상함의 법칙을 따르는 것으로 드러나기도 합니다. 삶의 지지대와 토대가 무너져 내린 것만 같습니다. 내면에는 이상하고 공허한 느낌이 듭니다. 발밑의 지반이 사라져 버리고, 모든 것이 통제 불능의 상태로 돌아가며, 낯설고 냉담한 우주에 살고 있는 것 같습니다. 갑자기 과거가 현실이 아니었던 것처럼 느껴집니다. 마치 지금까지는 거짓으로 살아온 것만 같습니다. "정말 그런 일이 있었나?" 미래는 불확실하고 무섭게 느껴지기도 합니다. 마치 유리로 만들어진 듯해 기본적으로 믿지 못할 것 같습니다. 무엇이 현실일까요? 무엇을 붙잡을 수 있을까요?

어쩌면 실은 재난도, 큰 재앙도 없었고, 지금의 회오리바람은 '여기'에 있도록 청하는 또 하나의 거대한 초대장일 뿐일지도 모릅니다. 존재하는 유일한 순간인 지금 이 순간을 살라고 초대하는…. 이 공허하고 발 디딜 곳 없는 듯한 느낌을 향해 실제로 돌아서서, 그것을 깊이 존중하고 받아들이라고 초대하는….

무수히 많은 현재 모습으로 나타나는 삶에 '예스'라고 말하고, 지금 불확실한 모든 것에 '예스'라고 말하고, 통제 불능으로 돌아가는 모든 것에 '예스'라고 말하고, 그 어떤 것도 이해되지 않는다는 사실에 '예스'라고 말하고, 자기 정체성 전체가 거대한 물음표라는 데에 '예스'라고 말하라고 초대하는….

관심의 초점을 시간과 공간에 관한 이야기에서 거두어, 당신이 실제로 있고 늘 있을 곳인 지금 여기, 당신의 참된 집으로 사랑의 관심을 가져오라고 초대하는…. 꿈을 놓아 버리고, 그 모든 것의 신성한 신비 속으로 가라앉으라고 초대하는….

그러면 아마도 그 무너지고 깨어짐의 한가운데서 돌파구의 씨앗이 뿌리를 내릴 수 있을 것입니다. 지혜로 심고, 사랑으로 물을 주며, 당신의 영원한 현존의 온기로 품어 주면….

이 이상한 장소

우리는 우리의 이야기 없이 만날 수 있을까요?
아무 기대 없는 그곳에서 만나
서로를 안을 수 있을까요?

우리는 내일의 꿈 없이 만날 수 있을까요?
그리고 오늘 여기에 있는 것을 재발견할 수 있을까요?
오늘이 아무 힘들이지 않고 내일이 되도록?

우리는 늘 이렇게 만나고 있지 않나요?
세상의 끝자락에서,
모든 것이 가능한 그곳에서?

이 낯선 장소는 아주 친숙해 보입니다.

깨어남은 시작일 뿐입니다

어느 날 갑자기 '깨어난' 뒤 다시는 괴로움을 겪지 않은 사람을 나는 만나 본 적이 없습니다. 우리가 (자신에 관해서든 타인에 관해서든) 그런 이야기를 아무리 믿고 싶어 할지라도….

'자신이 진정 누구인지를 발견'한 뒤 그것을 다시는 잊지 않은 사람, 심지어 육체적 고통이나 친밀한 인간관계의 아름다운 파탄 속에서도 다시는 잊지 않은 사람을 스승이든 제자든 만나 본 적이 없습니다.

나는 이른바 '깨어남' 이후 몇 년 동안, 충족되지 않은 인간의 모든 필요, 어린 시절의 아픔, 모든 인류의 고통, 삶의 바다에서 사랑받지 못한 물결들, 실패감과 의심, 자만심과 오만함, 무력감, 완벽해야 한다는 믿음과 옳아야 한다는 믿음, 적어도 25년 동안 억압되거나 무시되거나 묻혀 있던 모든 형태의 것을 만났습니다.

마침내 삶에서 도피하려는 충동이 사라지고, 궁극에는 모든 것이 참된 나 자신 안에서 허용된다는 것을 알게 되자, 인간적인 것들이 숨 쉬고 표현하고 노래하고 제때 사라지도록 허용되었습니다.

개인적인 것은 삶의 비개인적인 불 속에서, 모름의 용광로에서 사라졌습니다. 마침내 비개인적인 것을 개인적인 것과 구별하여 말하는 것조차, 심지어 '나의 깨어남'이라고 말하는 것조차 어불성설이 될 때까지!

해탈은 분리된 '나'라는 개인에 대한 믿음의 끝일 수도 있지만, 실은 친구여, 우리가 아무리 이것을 '종점'이라고 생각하고 싶어도 이것은 모험의 시작일 뿐입니다. 자신의 깨어남에 관한 이야기를 버리고, 다시 삶의 자녀가 되고, 자신이 정말 아무것도 알지 못하며 안 적이 없다는 것을 인정하려면 엄청난 용기가 필요합니다.

이 순간은 반대되는 것이 없습니다

이 순간은, 어떤 형태를 취하든, 반대되는 것이 없습니다. 이 통찰은 상상할 수 없는 평화의 열쇠이므로 깊이 탐구해 보세요.

반대되는 것은 생각 속에만 존재합니다. 과거/미래, 옳음/그름, 아름다움/추함, 깨달은/깨닫지 못한, 삶/죽음 등 모든 구분을 짓는 것은 생각입니다. 이러한 구분, 간격, 틈새를 현실에서, 직접 경험에서 찾을 수 있나요?

느낌은 반대되는 것이 없습니다. 감각은 반대되는 것이 없습니다. 소리는 반대되는 것이 없습니다. 지금 이 순간 노래하는 새는 반대되는 것이 없으며, 반대되는 것은 상상 속에만 있을 뿐입니다('노래하는 새' / '노래하지 않는 새'). 그 형언할 수 없는 "짹짹!"은 반대되는 것이 없습니다. 가슴이나 배 속의 강렬한 에너지는 반대되는 것이 없습니다. 삶의 생생한 느낌은 반대되는 것이 없습니다. 오직 생각 속에만, 이미지 속에만, 시간과 공간이라는 꿈속에만 있을 뿐.

실제로 이 순간은 반대되는 것이 없음을 깨닫게 되면, 이 순간에서 벗어나려는 시도를 멈추게 됩니다. 이 순간은 반대되는 것이 없으므로 다른 어떤 순간도 이 순간에 반대되지 않습니다. 그것은 반대되는 것도 없고 적도 없습니다. 그것은 모든 시간과 공간에서 유일한 참된 원본이며, 온전히 그 자체로 존재하고, 전쟁을 벌이지 않습니다.

예기치 않은 혁명을 시작하세요. 이 순간이 존재하는 전부이며, '어떠해야 한다'는, '어떠할 수 있었다'는 머릿속 그림 말고는 반대되는 것이 없다는 것을 깊이 깨달으세요. 그리고 그 그림조차 이 순간을 반대할 수 없다는 것을 깨달으세요. 모든 것이 허용됩니다.

첫 만남

단 한 순간의 벌거벗은 만남이
모든 것을 바꿉니다

여러분의 두려움, 분노, 슬픔, 의심, 지루함, 외로움과
직접 접촉하는 단 한 순간,
꼬리표와 관념들의 배후에 있고
단어들 이전에 있는
삶 자체의 날것의 에너지를 만나는 단 한 순간,
기대하지 않고, 피하려 하지 않고,
외면하지 않고, 방어하려 하지 않고
'지금 있는 것'을 만나는 단 한 순간이
그것과 여러분의 관계를 영원히 바꿉니다

이제, 여러분은 이론을 넘어 서로를 직접 압니다
서로의 방어벽을 뚫었습니다
겉모습 너머를 보았습니다
정말로 접촉했습니다

이제, 어떤 것도 이전과 같지 않을 것입니다
이제, 서로에게서 아무리 멀리 떨어져 있어도
아무리 서로를 밀어내려 해도
아무리 필사적으로 서로를 잊으려 해도
정말로 잊지는 못할 것입니다
한때 그렇게 깊이 만났다는 것을,
서로를 접촉했고
상대도 자기를 접촉했다는 것을,
서로를 손바닥에 안고
자신의 비친 모습을 보고
모든 것의 구분과
분리를 잊었다는 것을

이제, 두려움이 다시 나타날 때
슬픔이 파도처럼 다시 밀려올 때
창조적 허공에서 분노가 터져 나오거나
생각이 떠오를 때
여러분은 알게 될 것입니나
그것은 친숙한 친구의 방문일 뿐이며
그저 여러분이 사랑하는 이의 훌륭한 변장일 뿐임을

필요한 것은
단 한 순간의 실제 접촉뿐,

그 뒤에는 되돌릴 수 없습니다

사랑하는 이를
자기의 자녀를
자기의 살과 피를
정말로 잊을 수는 없기 때문입니다

그들의 겉모습이 아무리 변해도
그들이 아무리 멀리 떠돌아다녀도

어둠과 빛

인간은 늘 추상적이고 관념적인 반대 짝을 생각했습니다. 신과 악마, 삶과 죽음, 쾌락과 고통, 선과 악, 음과 양, 이원성과 비이원성…

어떤 사람들은 삶을 어둠과 빛 사이의 끝없는 싸움으로 여깁니다. 어떤 이들은 빛이 승리하기를 바랍니다. 어떤 이들은 어둠이 승리하기를 바랍니다. 하지만 정말 전쟁이 있을까요? 그림자는 빛이라는 근원이 있기에 나타나는 것일 뿐입니다. 그림자는 빛과 분리된 존재가 아니며, 그 자체의 참된 힘도 없습니다. 그림자는 빛에 정말로 대항할 수 없습니다. 빛이 없으면 그림자는 아무것도 아니기 때문입니다. 그림자는 빛으로부터 모든 힘을 얻습니다. 그림자는 전적으로 빛에 의존합니다.

빛은 그림자를 두려워할 필요가 없고, 그림자의 죽음이나 파괴를 갈망할 필요가 없습니다. 참된 빛은 반대되는 것을 알지 못하며, 반대자도, 불구대천의 적도 알지 못합니다. 우리는 어둠에, '부정적인' 면에, 그림자에, '빛의 부재'로 보이는 것에 너무 많은 주의를 기울이면서, 우리가 어둠을 인식할 수 있는 유일한 이유는 빛이 여전히 환히 밝혀져 있기 때문이라는 사실을 깨닫지 못합니다. 빛이 없으면 어둠도 없습니다. 그리고 우리는 바로 그 빛, 의식 자체의 영원한 빛입니다.

어둠과 싸우지 마세요. 어둠의 모습을 이용해, 자신이 바로 늘 현존하는 빛 근원임을 상기하세요. 세상에서 보이는 그림자에 맞서 싸우지 말고, 자신이 영원하고 무한한 의식의 빛임을 알고 더욱 확신하세요. 그러면 어둠은 당신을 '적대'하는 것이 아니며, 당신이 누구인지 잊지 않고 환상에 불과한 자기 안의 구분을 간파하도록 상기해주는 것임을 깨닫게 될 것입니다.

어둠과 빛의 전쟁은 어느 쪽도 이길 수 없습니다. 애초에 시작된 적이 없기 때문입니다.

순간순간

집에서, 직장에서, 또는 노는 중에 갑자기 위기가 발생합니다. 예기치 않게 무언가 잘못되었습니다. 소중한 무언가를 잃어버립니다. 익숙한 무언가가 무너집니다. 당신은 오해받았다고, 학대당했다고, 상처받았다고, 충격받았다고, 잃어버렸다고 느낍니다. 오래되고 익숙한 친구(느낌)들이 찾아옵니다. 가슴이 덜컥 내려앉는 느낌. 숨이 가빠지는 느낌. 가슴이 꽉 조이는 느낌. 기본적인 방향 감각을 잃어버린 느낌. 나는 누구인가? 무엇을 믿을 수 있을까? 다음에는 무슨 일이 일어날까? 삶이 어떻게 될 것이라는 꿈이 죽었고 죽어가고 있습니다. 오래된 정체성이 녹아내리고 있습니다. 오래된 미래가 사라졌습니다.

초대장일까요? 이 죽음과 함께 머무르세요. 이 죽음으로 숨을 쉬고, 이 죽음을 들이쉬세요. 갑작스러운 변화의 한가운데서 휴식하며 계속 현존하세요. 낡은 기반이 무너져 내릴 때 마음을 편안히 하세요. 어차피 그것은 참된 기반이 아니었습니다. 오직 거짓된 것만이 무너질 뿐, 실재하는 것은 무너질 수 없다는 것을 아세요. 당신의 계획만 무너지고 죽을 수 있을 뿐, 참된 당신은 무너지거나 죽을 수 없다는 것을 기억하세요.

'나의 삶'은 항상 변하며, 변하는 것이 그 본성입니다. 그러니 변화를 자연스러운 것으로 받아들이고, 거짓된 것이 무너져 당신 자신인 삶만이 남게 하세요. 영화를 되감거나 빨리 감지 않고, 순간순간 살아 있는 진실이 스스로 드러나게 하세요.

엉망진창인 것처럼 보이는 장면을 받아들이고, 현재의 장면에서 편안히 이완해 보세요. 폭풍 속의 살아 있음과 창조성을 보세요. 당신은 단지 꿈들의 죽음을 목격하고 있을 뿐입니다.

참된 당신은 수많은 폭풍이 지나간 것을 알고 있습니다. 당신 자신은 폭풍의 영원한 눈 속에서 흔들리지 않는 깊고 고요함이라는 것을 아세요. 위기는 재앙이 아니라, 예기치 않은 탄생입니다. 이것은 당신의 끊임없는 초대입니다.

10월

내가 느끼는 신은

어떤 하나의 신이 아니라

심오한 경이로움입니다.

_알버트 아인슈타인.

당신의 다른 반쪽

당신의 '다른 반쪽', 당신의 '소울메이트', 당신을 '완성'해 줄 사람을 찾지 마세요. 그들은 이미 여기에 있습니다. 앎 자체인 당신의 완벽한 짝은 보이는 그대로의 세상입니다.

당신의 광대하고 넓은 방은 이미 당신이 사랑하는 내용물로 가득합니다. 생각, 감각, 감정, 이미지, 소리, 이 모든 것이 지금 이 순간 당신 안에서 춤추고 노래합니다.

텅 비어 있음과 모습*… 당신들은 서로를 위해 만들어졌습니다. 이것은 나뉜 적 없는 것의 완벽한 결합입니다.

자기와 결혼하고, 결혼 종소리를 울리세요.

* '텅 비어 있음'은 공(空)을, '모습'은 색(色)을 뜻하며, '색즉시공 공즉시색'의 공과 색이다.—옮긴이

생각만큼 나쁘지는 않습니다

인생에서 마주해야 할 최악의 일은 지금 이 순간에 일어나는 생각, 감각, 감정, 소리, 냄새입니다.

그 일이 아무리 강렬하거나 예상하지 못한 것이라도, 그 일이 당신의 꿈을 아무리 파괴하더라도, 의식 자체인 당신, 모든 생각, 감각, 감정의 물결이 일어나고 사라지도록 깊이 허용되는 드넓은 바다인 당신 안에는 늘 충분한 공간이 있고, 늘 삶을 위한 충분한 공간이 있습니다. 당신은 한없이 품을 수 있습니다.

생각, 감각, 감정, 이미지, 소리 등 무엇이 나타나든, 당신은 이미 그것에게 '예스'라고 대답했습니다. 그러므로 그것은 이미 여기에 있습니다. 그것을 차단할 별개의 견고한 '당신'이 없었기 때문입니다. 별개의 '당신'이 없다는 것은, 역설적으로 들리겠지만, 삶에 대한 끊임없고 영원한 '예스'입니다.

간단히 말해, 현재의 경험에서 아무리 불편하거나 극심하거나 예상치 못한 경험의 물결이 밀려온다 해도, 당신 존재의 가장 깊은 곳에서 이미 '예스'라고 답하지 않은 것은 마주할 필요가 없다는 것입니다. 이러한 앎은 앞으로 올 일을 직면할 때 깊은 이완과 신뢰를 가져다줍니다. 그러면 우리는 자신을 차단하지 않고 삶에 마음을 열 수 있습니다.

자신이 무한한 수용의 바다, 의식 자체임을 알고, 자신의 변함없고 불변하는 본성 안에서 두려움 없이 편안히 쉬세요.

그렇게 한번 해 보세요.

스트레스에 관하여

스트레스는 지금 이 순간 실제로 '있는 것'과 이 순간이 어떠해야 한다는 이미지 사이의 긴장입니다. 스트레스는 '해야 할 일들'이라는 정신적 목록에 좁은 초점을 맞추는 것이고, '아직 하지 않은 모든 일'을 상상하며 부담을 느끼는 것입니다. 스트레스에는 늘 미래를 생각하거나, 미래를 조급하게 빨리 앞당기려 하거나, 지금 여기에 없는 것에 집중하는 태도가 연관됩니다.

지금 없는 것에서 지금 있는 것으로, 부족한 것에서 여기에 충분히 있는 것으로, 빨리 앞당기려 함에서 놀이로 관심의 초점을 옮길 때, 그리고 끝이 없어 보이는 수천 가지 목록을 완료하려고 애쓰는 대신, 온전히 관심을 기울이고 열정을 다해 단순히 다음 할 일을 하면, 할 일의 목록이 힘들이지 않고 스트레스 없이 완료될 수 있으며, 그러지 못할 때도 창의적인 해결책을 찾을 수 있습니다.

편안히 이완하세요. 당신이 해야 할 유일한 일은 자신이 행위자가 아니라는 사실을 기억하는 것입니다.

외로움에 관한 대화

"외롭습니다."

"아주 좋네요. 외로움과 친밀해지도록 초대하는 거죠."

"무슨 뜻이죠?"

"이렇게 해 보세요. '외로움'이라는 단어를 잠시 내려놓아 보세요. 몸에서 직접 날것의 감각을 느껴 보세요. 외로움이 어디에서 느껴지나요? 따끔거림, 간지러움, 진동을 느껴 보세요."

"배 속에서 느껴집니다. 외롭고 공허한 느낌 같아요"

"좋아요. 이제 '외롭다', '공허하다'라는 단어를 내려놓으세요. 그런 간접적인 설명 없이 실제로 여기에 있는 것과 연결되어 보세요."

"좋아요. 그건……… 살아 있는 것 같아요. 따끔거려요. 따뜻해요."

"예. 좋아요. 그 느낌과 함께 머무르세요."

"부드러운 느낌입니다. 부드러워요. 연약하고. 마치… 생명처럼 느껴져요."

"좋아요. 잠시 그대로 머물러 보세요. 이런 감각들을 바꾸거나 없애려 하지 말고, 이 감각들에 다정한 관심이라는 선물을 주어 보세요. 모든 생각과 이미지, 모든 판단과 이야기가 당신의 따뜻한 현존 안에서 오고 가도록 허용해 보세요. 하늘의 구름처럼 떠다니게 놓아두세요. 지금 당신이 있는 곳에서 또 무엇을 알아차리나요? 원한다면 외로움을 느끼는 부분에 손을 얹어 보세요."

(배 위에 양손을 얹는다)

"신기하네요. 거기에 주의를 기울이니 긴장이 풀립니다. 외로운 느낌 주위에 더 넓은 공간이 있어요. 마치 무언가에… 크고 넓은 무언가에 안겨 있는 것 같아요…"

"그 넓은 공간이라는 느낌 자체가 외롭게 느껴지나요?"

"아니요. 그건… 친밀한 느낌입니다. 열려 있는. 살아 있는. 외롭지 않아요. 숨을 쉴 수 있을 것 같아요."

우리가 시선을 돌리지 않고, 긍정적이든 부정적이든, 옳든 그르든, 편안하든 불편하든, 어떤 감정의 중심부로 용기 있게 뛰어들 때, 우리는 참된 우리 자신인 광대한 바다를 재발견하게 됩니다. 모든 감정은 말로 표현할 수 없는 지성으로 이루어져 있으며, 모든 감정에는 숨겨진 메시지가 담겨 있습니다.

계획

숨을 쉴 때마다
우리는 비어 있는 공간을 메웁니다.

우리는 다른 하늘에 있는
다른 달의 일식을 봅니다.

우리는 서로의 이름을 모르지만
가까이 머무릅니다.

그리고 반대하는 모든 충고에도 불구하고
우리는 계획 없이 떠납니다.

더는 붙잡을 것이 없습니다.
살아 있다는
이 굉장한 느낌 말고는.

따를 것이 없습니다.

알 필요가 없는
이 표지판 없는 길 말고는.

‘진짜’라고 말할 수 있는 것은 없습니다.
아마도 이 사랑 말고는.
이 뜻밖의 은혜.

사랑하는 이여,
모든 여행에는 시작과 끝이 있습니다.

이 여행 말고는.

은혜의 문

사랑하는 사람의 부드러운 손길. 따뜻한 차 한 잔의 온기. 풀잎 위로 조용히 떨어지는 아침 이슬 한 방울. 알아차리는 이 없어도. 이 평범한 순간들. 요청하지 않아도 주어지는.

그런데 사실, 이 순간들은 전혀 '평범한 순간'이 아닙니다. 이것들은 은혜로 들어가는 문이며, 아침 이슬과 새소리, 툭 던진 사과 속으로 이루어진 문 없는 문이며, 생각이 밀려들기 전, 목격자 없이 목격되는, 우리의 세계와 비슷한 미지의 세계로 통하는 문일 뿐입니다.

"여기로 들어오세요." 그들은 한목소리로 속삭입니다. "그리고 영리함을 잃어버리세요."

당신의 스릴 넘치는 일관성 없음

당신은 자신에 관해 온갖 이야기를 할 수 있습니다. "나는 좋은 사람이야." "나는 나쁜 사람이야." "나는 친절해." "나는 완벽해." "나는 깨달았어." "나는 무가치해." "나는 실패자야." "나는 아름다워." "나는 못생겼어." 등등.

그러나 이런 말은 모두, 어떤 단일한 '것'이 아닌 무엇에 대한 정신적 결론입니다. 그것은 살아 있고, 항상 움직이며, 끝없이 스스로 새로워지며, 결코 결론일 수 없는 것입니다. 당신은 드넓은 바다이고 들불이며, 역동적이고 길들일 수 없고 일관성 없는 존재이지, 시간이나 공간에 고정되어 있거나 정지해 있는 것이 아닙니다.

왜 자신에 관해 결론을 내리려 하나요? 어떤 결론도 참된 당신일 수 없습니다. 당신은 모든 결론의 너머에 있고, 심지어 이런 결론조차 넘어서 있는 존재이며, 동시에 당신 안에는 모든 결론을 위한 충분한 공간이 있습니다.

삶 자체는 결론이 아닙니다. 결론들은 삶의 불길에 쓸려 나가고 불타 없어질 뿐입니다. 왜 자기를 하나의 관념으로 제한하나요? 왜 자기를 시간과 공간에 고정하나요?

스릴 넘치는 일관성 없는 '자기'로 존재하세요. 하나의 단어, 관념, 생각이나 이미지, 심지어 시간 자체에 국한된 '자아'가 아니라, 활짝 열려 있고, 사랑하는 자기의 모든 물결을 깊이 받아들이면서도 그 어느 물결에도 제한되지 않는 바다처럼 드넓고 정의할 수 없는 참된 자기로 존재하세요.

위, 아래를 넘어

언제나 '위'에 있으려고 애쓰거나 거기에 있는 척하는 것은 몹시 피곤한 일입니다. '아래'도 품고, '위'와 '아래'를 훌륭하고 완벽한 삶의 균형 중 일부로 보게 되면, 얼마나 안도하게 되는지요. 우리 자신이 '위'와 '아래'의 너머에 있고, 가혹한 비난과 공격을, 존재의 고난과 승리를 품으며 그 어느 쪽에도 갇히지 않는 광활한 열린 공간임을 알게 되면….

올라감과 내려감, 높음과 낮음, 비극과 희극, 행복감과 지루함, 버스 연착, 탄생과 장례식… 순간순간 찬란히 빛나는 하나의 수많은 얼굴입니다.

불안의 핵심

심한 불안증을 앓고 있는 청년과 얘기하고 있었습니다. 그동안 권유받은 어떤 '불안 치료법'도 그에게는 효과가 없었습니다. 나는 그에게 불안을 해결하려는 노력을 잠시만이라도 멈추어 보라고 권했습니다.

불안이 없는 미래, 혹은 불안으로 가득 찬 미래를 상상하는 것을 멈추고, 이 현재의 장면에, 바로 지금, 실제로 여기에 있는 것을 만나라고 권했습니다. '불안'이라는 꼬리표를 내려놓고, 사회에서 배운 그 단어를 놓아 버리고, 과거와 미래에 관한 이야기에서 빠져나와 현재의 경험을 과거의 역사 없이 새로운 눈으로 바라보라고 권했습니다. 현재 어떤 생각과 감각이 떠오르나요?

많은 생각이 소란스럽게 일어난다고, 그는 말했습니다. 마음이 바쁘게 활동한다고…. 그는 자기 몸에서 무엇을 느꼈을까요? 나는 그에게 직접 몸을 느껴 보라고 권했습니다. 그는 배와 가슴에서 심하게 두근거리고 팔딱대는 감각이 느껴진다고 말했습니다. 나는 그에게 잠시만이라도 그 모든 활동을 허용할 수 있는지, 생각과 감각이 거기에 있도록 허용할 수 있는지 물었습니다.

그것은 그가 '불안'과 싸우느라 너무 바빠서 이전에는 시도해 본

적이 없는 일이었고, 당연히 그 싸움은 오히려 그의 불안을 키웠습니다! 그는 먼저 '불안'을 자세히 알아보려 하지 않았고, 거부하고 없애려고 애쓰면서 '불안'을 적으로 삼고 있었습니다!

그는 배 속의 감각과 싸우는 대신, 모든 꼬리표, 모든 판단, 모든 묘사를 버리고, 자기를 이런 감각이 오고 가는 드넓은 열린 공간으로 인식할 수 있을까요? 잠시라도 이 감각들을 다정하게 대할 수 있을까요? 다정함이 길이 될 수 있을까요?

그는 이전에 '불안'이라고 부르던 것의 주위에서 공간을 느끼기 시작했습니다. 그가 불안을 알아차리고 의식하자, 불안은 그를 정말로 정의할 수는 없었습니다. 그는 더는 그 감정에 갇혀 있지 않았습니다. 그는 감정보다 더 큰 존재였습니다. 그래서 불안을 안고 감싸고 품을 수 있었습니다. 그는 생각과 판단보다 더 큰 존재였습니다. 그는 그것들 안에 갇혀 있지 않았으며, 오히려 그것들이 그 안에서 오고 가는 공간이었습니다. 그것들은 그를 정의하지 않았습니다.

그는 불안으로 눈을 돌릴 수 있었고, 불안을 모닝콜로 삼아 자기의 진정한 광대함을 기억할 수 있었습니다. 그는 사실 '불안한 사람'이란 없고(불안은 참된 자기의 광대함을 정의하거나 제한할 수 없습니다), 단지 '불안'이라는 이름표를 붙이고 거부하는 생각과 감각이 있을 뿐이라는 것을 알아차렸습니다.

그는 이제 불안의 제물이 아니라, 불안이 태어나고 표현하고 죽어갈 때 그것을 보듬을 수 있는 사랑의 부모였습니다. 그의 불안은 '치료'될 필요가 없었고, 지금 이 순간에 만나고 만지고 안아 주면 되는 것이었습니다.

불안은 없앨 필요가 없고, 이해할 필요가 있는 것이었습니다. 불안은 그를 파괴하고 싶었던 것이 아니라, 그를 깨우고 싶었습니다. 그가 불안감을 느낀 것은 실수가 아니었습니다.

불안 속에서의 치유… 당신이 마지막에야 바라보는 곳!

완료된 거래

이 순간을 어떻게 허용할 수 있을까요? 어떻게 받아들일 수 있을까요? 그것을 받아들이려면 그것과 분리되어야 하지 않을까요?

공기와 비, 풀이 자라는 것을 어떻게 허용할 수 있을까요? 행성들이 궤도를 도는 것을 어떻게 허용할 수 있을까요? 숨이 허파로 들어오도록 어떻게 허용할 수 있을까요?

이 모든 것이 이미 허용되고 있지 않나요? 삶은 이미 정확히 지금 이대로 아닌가요? 이미 여기에 있는 것을 어떻게 허용하거나 거부할 수 있을까요? 이 순간을 받아들이거나 거부하기에는 이미 너무 늦지 않았나요? 애초에 당신과 분리된 적이 없는 것에게 어떻게 내맡길 수 있을까요? **가장 깊은 받아들임은** 이미 일어나지 않았나요?

외로움에 관하여

외로움은 과거의 연결과 교제의 기억이나 상상이며, '지금 있는 것'과 '그때 있던 것' 사이의 고통스러운 비교입니다. 그것은 견디기 힘든 향수병이며, 참된 집으로 돌아가고 싶은 갈망입니다. 참된 집은 '더는 여기에 있지 않은' 것 같고, 지금 있는 곳에서 '멀리 떨어져 있는' 것 같습니다.

지금 '빠져 있는 것'('다른 것'의 부재)에 집중하기를 멈추고, 지금 있는 것, 늘 있던 것, 결코 빠진 적이 없는 것—당신 자신의 현존, 영원하고 충만한, 당신의 참된 집—을 기억하면, 다시는 외롭지 않을 것입니다. 당신의 현존이 그들의 현존이기 때문입니다.

외로움은 필요할 때마다, 당신이 누구인지를 기억하지 못하고 잊어버렸다는 사실을 상기시키기 위해 찾아옵니다. 매번 새로운 초대입니다.

온 우주가 당신의 발밑에서 기분 좋게 가르릉거리는데, 어떻게 외로울 수 있을까요?

죽음의 교훈

우리는 죽을 때 무한한 존재가 되는 게 아닙니다. 우리는 언제나 무한한 존재였습니다. 그래서 죽을 수 없습니다.

죽어가는 사람과 함께 앉는 것은 큰 특권입니다. 내일이 없는 상황에서, 이야기 면에서는 절대적인 불확실성과 불안정성을 마주한 상황에서, 남은 것은 완전한 친밀감, 완전한 현존, 깊은 여기임뿐입니다.

모든 순간은 언제나 그랬듯이 절대적으로 성스러워집니다. 모든 호흡이 하나하나 소중합니다. 모든 말은 깊이 듣고 음미해야 하는 것이며, 모든 손길은 오래오래 반향을 일으키고, 모든 바라봄, 모든 눈길, 말한 모든 말과 말하지 않은 모든 말, 기억되는 모든 것과 시간이 지나면 사라지는 모든 것이 우리가 진정으로 만나는 유일한 장소, 우리가 만난 유일한 장소인 지금의 드넓은 품에 안겨 있습니다. '다음'에 일어나는 일은 죽음과 죽어감, 내일의 꿈들이 건드리지 못하는 이 불같은 친밀함 앞에서는 부차적입니다.

당신은 나를 떠날 수 없습니다. 우리는 서로이기 때문입니다. 우리가 어디로 갈까요? 내 가슴으로 들어오세요. 당신이 늘 있던 그곳으로…. 내가 당신을 데려가겠습니다.

사랑하는 이의 용광로

그것은 당신과 함께 자궁에서 나옵니다.
그것은 처음으로 세상을 봅니다.
그것은 이 눈 말고는 다른 눈이 없습니다.

세상은 그것의 용광로이자 불의 놀이터입니다.

그것은 당신과 함께 성장합니다.
변합니다. 아파합니다. 기뻐합니다.
그것은 정확히 당신이 배우는 것을 배웁니다.
세상의 어떤 수단으로도 그것을 바꿀 수 없습니다.

그것은 통과의례를 거칩니다.
첫 키스. 결혼식. 졸업.
그것은 모든 것을 당신만큼 강렬하게 느낍니다.

그리고 당신이 은퇴하는 날, 그것도 함께 은퇴합니다.
당신이 사랑하는 이가 죽으면, 그것은 당신과 함께 슬퍼합니다.

그것도 그들을 그리워합니다.
당신의 눈물이 마를 때만 그것의 눈물도 마릅니다.

그것은 매일 밤 당신과 함께 잠이 듭니다.
그것은 당신이 항암 치료를 받으러 갈 때도 함께합니다.
그것은 완벽한 동기화로 약 복용을 잊어버립니다.
그것은 좋음과 나쁨을 알지 못합니다.

그것은 당신이 서 있는 자리에 서 있을 만큼의 에너지를 줍니다.
앉은 자리에 앉을 만큼의. 누운 자리에 누울 만큼의.
그것은 실패와 성공을 알지 못합니다.

그것은 필요하면 자기를 더럽힙니다.

그리고 고통을 견디기 힘들 때도 그것은 속삭입니다.
"나는 여전히 여기에 있어."
"나는 예상치 못한 형태를 취해."

당신의 심장이 멈출 때 그것의 심장이 멈춥니다.
그것은 당신과 함께 마지막 숨을 쉽니다.
이런 순간들에도 그것은 떠나지 못합니다.
지금 이런 순간들에도.

그것은 오고 감을 알지 못합니다.

당신은 외칠 수 있습니다. "주여, 어디 계십니까?"
"왜 저를 버리셨습니까?"
하지만 이 질문에 답이 주어지지 않는 때는 없습니다.

당신의 외침이 그것의 외침이기 때문입니다,
당신의 질문이 그것의 질문입니다.
그것은 이런 식으로 영원히 자기를 집으로 부르고 있으며,
절대로 대답은 필요하지 않습니다.

귀 기울여 보세요. 언제나 그 소리가 들립니다.
귀 기울여 보세요.
그것이 부르는 소리를 들을 수 없을 때도
그것은 그 자리에 있습니다.
그것은 당신이 듣는 것을 정확히 듣기 때문입니다.
그 이상도 이하도 아닙니다.

우리는 모두 그것의 불길에 불살라집니다.
그 사랑의 품에 우리의 뼈가 녹아내립니다.

사랑하는 이의 용광로를 두려워하지 마세요.
이미 당신을 데려가셨으니까요.

11월

슬픔이 당신의 존재에 더 깊이 새겨질수록

당신은 더 많은 기쁨을 담을 수 있습니다.

_칼릴 지브란

반란군 동맹

누가 기꺼이 삶을 정면으로 응시하려 할까요?

누가 기꺼이 '전해 들은' 깨달음에 관한 '전해 들은' 개념들을 버리고, 자기만의 길을 개척하며, 다른 사람들의 길을 붙잡지도 않고 그 중 어느 하나도 거부하지 않으려 할까요?

누가 기꺼이 쉬운 답에 안주하지 않으려 할까요? 고통을 겪는 동안 그 답이 아무리 위로가 될지라도….

한때는 매우 흥분되고 새롭고 심지어 논쟁의 여지가 있는 것처럼 들렸지만, 이제는 진부하고 남용되고 조금은 슬프게도 느껴지는 영적 클리셰(상투적인 어구)들, 곧 "나는 없다", "자유의지는 환상이다", "모든 것은 관념이다"와 같은 말을 누가 기꺼이 버릴 수 있을까요?

누가 기꺼이 책을 버리고, 좋아하는 권위자들의 말을 끝없이 인용하는 행위를 그만두고, 자기만의 언어와 독특한 목소리를 찾고, 아무도 살아 보지 않았거나 살아갈 수 없는 직접적인 삶으로 뛰어들려 할까요?

누가 삶을 온전히 경험할 한 번의 기회를 위해 자기의 확실성, 신뢰성, 지적 능력, 그리고 이른바 '영적 성공'을 기꺼이 희생하려 할까요?

오늘이 무엇이든 경험할 마지막 날일 수도 있다는 것을 누가 기꺼이 고려하려 할까요?

불확실성, 의심, 산산조각 난 꿈, 불가사의, 활기찬 혈관을 타고 흐르는 혈액 순환, 이 모든 것의 환희를 위해 모든 것을 걸 준비가 된 사람은 누구일까요?

누가 나와 함께 이 창조의 불길로 들어갈까요?

기적

현재 경험하는 모든 것, 모든 맛, 모든 소리, 모든 냄새, 드넓은 공간에서 밀려드는 생동감 하나하나가 신에게서 나오는 기적이라는 것을 깨달을 때, '기적'과 '신'이라는 단어는 필요하지 않으며, 그저 숨을 들이쉬고 내쉬면서, 가슴이 부풀고 오므라드는 것을 느끼고, 이 순간의 풍부함과 직접성을 맛보면서 지금 여기 살아 있는 것으로 충분합니다. 신이 있든 없든, 기적이든 아니든….

깨달음 게임

수많은 영적 스승. 수많은 가르침. 수많은 단어. 수많은 맛. 누구를 믿어야 할까요?

어떤 스승들은 깨어남을 하나의 사건이라고 말합니다. 깨어남은 어느 날 갑자기 일어나며, 한번 깨어나면 다시는 이전과 같지 않다고 합니다.

어떤 스승들은 깨어남을 하나의 과정이라고 말합니다. 사건, 상태, 경험은 오고 가지만, 계속 깊어지는 깨어남의 여정은 끝나지 않는다고 합니다.

어떤 스승들은 여기에는 아무도 없다고 말합니다. 어떤 사건을 경험하거나 어떤 종류의 여행을 할 수 있는 개인이나 자아, 실체가 없으며, 어차피 그것에 관해 이야기할 필요가 없다고 말하는데, 그러면서도 계속 이야기합니다.

어떤 스승들은 침묵을 지킵니다. 어떤 스승들은 자신이 옳고, 진리를 알고 있으며, 깨어남인 것과 아닌 것을 정확히 안다고 주장합니다. 어떤 스승들은 당신이 그들의 '깨어남 클럽'에 가입하여 자기 편이 되기를 바랍니다. 어떤 스승들은 깨어남을 일종의 경쟁이나 경주, 게임으로 여깁니다. 어떤 스승들은 자기 집단의 노선을 따르지 않는 다른 가르침과 스승을 조롱하기도 합니다.

이 모든 것이 인생이라는 거대한 연극의 일부입니다. 우리는 연극의 관객으로서 편안히 쉬면서 연극의 무수한 색채를 즐깁니다.

열정적인 역설

세계의 모든 종교적, 영적 전통의 핵심에 있는 본질적 이해는 '우리가 모두 절대적이고 근본적으로 하나이며, 우리는 모두 그 하나의 완전히 독특한 표현'이라는 것입니다.

본질적으로 우리는 모두 같은 바다(의식 그 자체)이지만, 우리 각자는 그 바다의 완전히 독특하고 반복되지 않는 물결이며, 이 형언할 수 없는 생명력의 독창적인 표현입니다.

우리는 개인들이지만 나뉠 수 없고, 하나이지만 똑같지 않으며, 그 보편적 균형의 한쪽 극단에 너무 깊이 빠지면, 우울증과 신경증의 형태(개인적 이야기에 빠져들어 두려워하면서, 미래에 자신을 개선하고 완벽하게 만들고 구원하려는 끝없는 추구로 자신을 지치게 함)로 고통을 겪거나, 다른 쪽에서는 영적 우회와 조급한 초월의 형태(몸에서 분리되고, 인간성을 억압하거나 심지어 부정하고, 유머와 겸손을 잃고, 인간적인 문제를 '초월'한 척하며, 행복하게 고통스럽고 현실과 동떨어진 초월 상태와 심지어 정신병으로까지 떠내려가고, 우리 자신과 모든 인류에 대한 본질적인 사랑과 연민이라는 생명소를 잃음)로 고통을 겪게 됩니다.

절대와 상대, 무와 유, 개인과 비개인, 바다인 동시에 그 바다의 반복되지 않는 독특한 물결이라는 역설과 함께 열정적으로 살아가는 것, 이 역설에서 신비와 농담과 기쁨까지 보는 것, 그것을 '풀려고' 하거나 그것에 관해 정신적인 결론을 내리려 하지 않고 그것과 함께 춤추는 것, 이것이 우리가 삶이라고 부르는 이 창조적인 모험의 고동치는 심장입니다.

절대자는 절대적이지 않고, 자기를 절대적으로 상대화하며, 그것이 바로 사랑입니다.

꿈

꿈꾸세요, 그래요, 꿈꾸세요! 그렇지만 꿈들은 계속될 수 없을 때도, 물거품이 될 때도 사랑받는다는 것을 알면서, 깃털처럼 가볍고 다정한 포옹으로 그 꿈들을 안아 주세요.

꿈꾸세요, 그래요, 꿈꾸세요! 하지만 자기 자신은 꿈들과 그 실패의 고요하고 평온한 배경임을 알고, 늘 깨어 있지만 꿈꾸는 것을 사랑하는 깨어 있음임을 아세요.

그러니 꿈꾸고, 희망하고, 변하고, 변화를 추구하고, 목소리를 내지 못하는 사람들을 위해 싸우세요! 그렇지만 당신이 항상 참된 집에 있다는 것을 알고, 무너진 희망과 계획과 실패한 꿈들의 잔해 속에서도, 당신이 늘 두려워했던 '길 잃음' 속에서도, 미래가 없어도, 나는 당신의 이름을 부르고, 어둠 속에서 당신을 찾고, 당신의 손을 잡고, 당신이 꿈도 꾸지 못했던 사랑을 보여 줄 것임을 아세요.

친구여, 당신은 당신의 상상 이상으로 잘하고 있습니다.

움직이는, 움직이지 않는

해는 자기가 '하늘'이라고 부르지 않는 하늘에서 뜨고 집니다. 변하지 않는 것은 무엇인가요?

우주는 팽창하고 수축하고 다시 팽창합니다. 변하지 않는 것은 무엇인가요?

생물은 태어난 뒤 곧 죽어서 깊은 휴식에 들어갑니다. 변하지 않는 것은 무엇인가요?

숨이 들어왔다 나가고, 들어왔다 나갑니다. 변하지 않는 것은 무엇인가요?

계절은 눈 깜짝할 새 변합니다. 변하지 않는 것은 무엇인가요?

당신은 그 모든 것을 맛봅니다. 웃음과 눈물, 행복과 지루함, 존재의 고난. 변하지 않는 것은 무엇인가요?

변하지 않는 것은 계속 변한다는 사실입니다. 변화는 절대적으로 신뢰할 수 있는 것입니다!

피할 수 없는 변화 속에서도 절대 변하지 않는 것은 무엇인가요? 변화를 보고 변화임을 알아보는 그것입니다. 변화를 보고 '변화'라고 말하는 그것입니다. 변화를 보는 그것은 모든 것이 변하는 가운데에도 변하지 않습니다. 그러지 않으면 변화를 알아보지 못할 것입니다. 이처럼 대조를 통해 알아보는 것은 무한한 지성의 표현입니다.

당신은 현존하고, 변하지 않으며, 움직이지 않고, 나이를 먹지 않으며, 모든 것이 변하는 가운데에도 변하지 않지만, 늘 변하는 삶 자체의 모습에 매료되고 경외심과 경이로움을 느낍니다. 당신은 자연히 변화를 받아들이지만, 당신 자신은 전혀 변하지 않습니다. 몸은 나이를 먹어도 마음속 깊은 곳에서는 늘 나이를 먹지 않는 것처럼 느끼는 것은 그 때문입니다. 변화는 당신의 적이 아니라 가장 충성스러운 동맹이자 파트너입니다. 이것이 바로 세계를 경험할 수 있는 이유입니다.

생각들, 감각들, 감정들. 아침의 어둠 속에서 움직이는 은하들, 익숙한 궤도를 도는 행성들, 봄날에 기쁨의 노래를 지저귀는 새들, 어릴 적 앞으로 어떤 일이 일어날지 모른 채 신나게 물놀이하던 강가에 뿌려진 할아버지의 뼛가루. 이 모든 것이 당신의 아주 오래된 가슴에서 흘러나왔습니다. 당신은 그 모든 창조성을 억누를 수 없었습니다.

형태와 비어 있음*

신비가들이 오래전에 깨달은 것을 과학자들은 이제 알아 갑니다. 에너지는 물질이고 물질은 에너지이며, 모든 것은 하나이고 하나는 모든 존재를 위한 것입니다. 단지 선택되거나 운 좋은 소수만을 위한 것이 아닙니다. 물질은 영적인 것이며, 구분이 없습니다.

추상적인 인간의 사고는 까닭 없는 우주에서 고정되고 변함없는 의미를 추구하면서, 나뉠 수 없는 실재를 고립된 조각, 대상, 사물로 나누었고, 이를 참된 실재라고 여겼습니다. 광대하고 이해할 수 없는 존재의 바다에서 우리는 '나'와 '세계'를 말하여 자기를 분리된 개체로 나누고, 참된 집-세계를 찾아 평생을 헤맸습니다. 그곳을 떠난 적이 없으면서도. 우리는 분리된 '세계'에서 '자아'로 살면서 거짓 우상을, 생각이라는 우상을 숭배했고, 삶(생명) 자체인 우리의 참된 본성을 잊고 안식을 갈망했습니다.

하지만 상관없습니다. 왜냐하면 물질은 에너지이고 에너지는 물질이기에, 지금 이 순간, 우리가 참된 집을 떠나는 꿈을 꾸었다는 것

* '색즉시공 공즉시색(색이 공이고, 공이 색이다)'에서 색(형태)과 공(비어 있음)을 가리킨다. – 옮긴이

은 정말 중요한 것이 아니기 때문입니다. "깨어나렴, 도로시[*]. 우리는 여전히 여기 있고, 여전히 지금이며, 끝없는 변화 속에서도 하나임은 변하지 않으니까. 에너지는 생성되거나 소멸할 수 없으니, 다 괜찮단다, 아이야, 다 괜찮단다."

무한으로 들어가는 아버지의 눈빛이 그 모든 것을 말해 줍니다. 사랑은 스스로 재활용할 수 있을 뿐입니다.

1조 광년 떨어진 곳에서 혜성은 조용히 어둠을 뚫고 날아갑니다.

---

* 도로시는 소설 《오즈의 마법사》의 주인공이다. — 옮긴이

깨어남의 계절들

영적 깨어남은 어떤 고정된 목적지를 향해 직선처럼 나아가는 길이 아니며, 길이 아예 없는 것도 아닙니다. 바뀌고 진보하며 통찰이 깊어지는 모습을 누가 부정할 수 있겠습니까?

그것은 원을 그리는 길이고, 시와 노래의 길이며, 늘 시작한 곳으로 돌아가고, 늘 우리가 이미 있는 곳으로 우리를 다시 안내합니다. 출발점이 목적지이고, 목적지가 출발점입니다. 마치 봄을 지나 여름이 되고 가을과 겨울로 넘어가지만, 언제나 같은 봄, 같은 싱그러움으로 돌아오듯이. 1년이 지나도 본질은 변하지 않지만, 이전과는 같지 않은 봄으로 돌아오듯이.

깨어남은 길도 아니고 길 없는 것도 아니며, 계절처럼 계속 변하면서도 늘 똑같고, 늘 안정되어 있으면서도 무상함에 활짝 열려 있으며, 사물들이 씁쓸하고 달콤하게 사라질 때 벌거벗은 채로 있습니다.

편안히 쉬세요

차 한 모금. 사랑하는 이의 부드러운 마지막 손길. 온몸을 휩쓸고 지나가는 따끔거리는 감각. 하룻밤 새 오랜만에 만난 친구처럼 가까워진 낯선 사람. 정맥주사 기계에서 끊임없이 울리는 경고음. 정맥으로 들어가지 않는 주삿바늘의 따끔거림. 아침 새의 씁쓸하고 달콤한 지저귐. 부드럽게 뺨을 스치는 오후의 산들바람.

인생의 처음이자 마지막 날인 오늘. 한없는 기쁨, 그리고 빨래. 사랑, 그리고 아픔. 기적이 가득한 이 놀라운 평범함에는 우리의 이해를 넘어서는 은혜가 넘쳐흐릅니다. 삶의 완성은 바로 그 모습 속에 있습니다.

그러니 지친 구도자여, 편안히 쉬세요. 이 안에서 쉬세요. 언제나.

저항할 수 없는 순간

인정하세요. 당신은 이미 이 순간에 저항하는 데 완전히 실패했습니다. 당신은 이 순간에 전혀 저항할 수 없습니다! 이러한 생각, 감각, 감정, 소리는 이미 여기에 있습니다. 그것들은 참된 당신 안에서 이미 자유로이 일어나고 사라집니다. 그 무엇도 그것들을 차단할 수 없습니다.

삶을 방해하는 '당신'은 존재하지 않습니다. 경계도 없습니다. 장벽도 없습니다. 수문(水文)은 이미 열려 있고, 생명이 쏟아져 들어옵니다. 전혀 막을 수 없습니다.

병사여, 백기를 드십시오!

관계 요가

맨눈으로 보기에 '가장 행복해 보이는' 관계가 반드시 가장 건강한 관계는 아닙니다. 두 사람이 늘 손을 잡고 웃으며 나비와 함께 춤추고 노래하는 듯 보이는 관계, 아무 일도 '잘못되지 않고' 삶이 늘 완벽해 보이는 관계가 반드시 가장 건강한 관계는 아닙니다. 겉으로 완벽해 보이는 모습 뒤에는 내면의 황폐함과 관계의 단절, 자유롭고 싶다는, 적어도 혼자 있고 싶다는 조용한 무언의 절박함이 있을 수도 있습니다.

가장 건강한 관계는 정직한 관계이며, 겉보기에 늘 '행복'하거나 '편안'해 보이지는 않을 수 있는 관계입니다. 관계가 어떻게 보이거나 느껴져야 한다는 사회의 이미지에 들어맞지 않을 수도 있는 관계입니다. 두 사람이 오늘의 진실을 말하고, 서로에 대한 모든 선입견을 계속 버리는 관계입니다. 정직의 용광로에서 계속 새로워지는 관계입니다.

그런 관계에서는 불화, 오해, 심지어 극심한 의심과 단절의 감정이 있을 수 있지만, 이 혼란스러워 보이는 상황을 정면으로 마주하려는 서로의 의지가 있습니다! 그런 관계에서는 눈을 크게 뜨고 현재의 불화를 바라보며, 과거를 외면하거나 집착하지 않습니다. 서로의 꿈과 기대가 산산이 부서진 가운데 함께 앉아서 지금, 여기, 오늘 다시 연결될 수 있는 자리를 찾으려고 노력합니다. 관계를 미래의 목적지, 정해진 결론, 도착 지점, 다른 사람들과 정중히 대화하면서 편하게 들려줄 수 있는 이야기로 보는 게 아니라, 궁극의 요가*로 보며, 계속 진행되고 깊어지는 모험과 서로에 대한 재발견으로, 계속되는 만남으로 봅니다.

에크하르트 톨레가 상기시켜 주듯이, 관계는 우리를 행복하게 하기 위한 것이 아니라(참된 행복은 내면에 있기 때문입니다), 우리가 깊이 의식하게 하기 위한 것입니다.

---

* 요가(yoga)라는 단어에는 '결합'이라는 뜻이 있다.— 옮긴이

빗속을 홀로

빗속을 홀로 걸으며 의식에 젖고, 의식에 흠뻑 적셔집니다. 빗방울인 의식, 빗방울을 맞는 몸인 의식, 인도를 철벅철벅 걷는 소리인 의식, 신호에 정확히 우산을 펴는 이해할 수 없는 지성인 의식은 분리된 '나'의 존재 또는 비존재라는 관념을 조롱합니다.

그리고 빗방울은 속삭입니다. 우리가 추구하는 깨달음은 차가운 초연함이나 무감각한 세상 부정, 또는 이른바 '물질' 세계의 초월이 아니라, 형상으로 드러난 모습과의 친밀함, 이 늘 변하는 수채화 같은 (그 색채들이 언제나 텅 빔의 배수구로 흘러 나가는) 삶의 풍경과의 말할 수 없는 친밀함이라고 속삭입니다. "우리를 사랑해." 빗방울이 속삭입니다. "그게 다야."

그리고 나는 '이것' 이상의 무언가를 찾는 추구, 영적 추구의 진지함과 터무니없는 무지함에 혼자 미소를 짓습니다. 이미 주어진 것 이상을 누가 원하거나 추구할 수 있을까요? 그래도 빗방울은 계속 떨어지고, 나는 이름 없는 사랑에 안겨 계속 걸어갑니다.

12월

그것은 밤에 들리는 울음소리가 아니에요,

빛을 본 사람도 아니죠,

차갑고 부서진 할렐루야입니다.

_레너드 코헨, 〈할렐루야〉

금고

당신이 갈망하던 모든 것, 우주의 모든 귀한 것이 담긴 채 잠겨 있는 금고가 있습니다.

당신은 금고의 문을 열려고 애쓰며 평생을 보냅니다. 힘써 노력하고, 경쟁하고, 명상하고, 초월하고, 구루를 숭배하고, 믿고, 거부하고, 받아들이고, 기도하고, 자기를 탐구하고, 요가를 하고, 또 다른 무언가를 합니다. 마침내 기진맥진하여 금고 열기를 포기하자… 그때 금고가 저절로 열립니다. 애초에 금고는 잠겨 있지 않았습니다.

금고 안에는 무엇이 있나요? 지금 이 순간입니다. 정확히 있는 그대로의 이 순간.

당신은 늘 알고 있었습니다.

내일의 죽음

가정 간병인으로 일하던 어느 날 아침, 나는 한 남성의 거대하게 부은 고환에서 대변을 씻어 내고 있었습니다. 그는 고환과 전립선 전체에 퍼진 암으로 죽어가고 있었고, 밤새 배변을 하고 엉망이 된 바닥에서 나뒹굴었습니다. 그를 씻기는 동안 우리는 함께 많이 웃었고, 축구와 최신 뉴스에 관해 수다를 떨었습니다. 그는 거의 움직일 수 없었고, 온몸이 너무 아프고 부어 있었습니다. 그는 변장한 나 자신이었습니다.

그는 살날이 몇 주일밖에 남지 않았지만, 조금도 자기 연민의 기색 없이 생생히 살아 있었고, 지금 여기에 현존했습니다. 거기에는 존엄성의 상실이 없었고, 그 순간에 일어나는 일만 있었습니다. 그는 젊을 때 꿈꾼 대로 인생이 흘러가지 않았지만, 어떻게든 자기의 상황을 깊이 받아들일 수 있게 되었습니다. 그를 더러운 침대에서 일으켜 세우고, 씻기고, 옷을 입히고, 좋아하는 의자에 앉혀 하루를 준비시키는 데 2시간 넘게 걸렸습니다. 그 후 그는 오래 살지 못했습니다. 하지만 나는 늘 그를 기억할 것입니다.

더는 내일이 오지 않아도 우리는 신성한 존재입니다.

잊을 수 없는

사랑하세요. 사랑하는 사람이 내일 여기 없을 수도 있음을 알고, 오늘이 참으로 만날 수 있는 마지막 날일 수도 있음을 알고, 이야기가 어떻게 끝날지 알 수 없다는 것을 알면서…. 더는 잃을 것이 하나도 없을 때 이 삶에 무엇이 남아 있을까요?

돌보고, 깊이 돌보세요. 마음이 아플 때까지 돌보고, 사람들이 뭐라 말하든지 돌보고, 조롱받고 거부당하고 오해받아도 돌보고, 자신에게 무슨 일이 일어나든 더는 신경 쓰이지 않을 정도로 돌보세요.

잠겨 보세요. 바보처럼, 매료된 아이처럼, 미친 사람처럼, 냉소적이거나 옳은 사람이 되는 법을 잊어버린 사람처럼, 사랑이 무엇인지 모르면서도 어쨌든 사랑하며, 씁쓸하고 달콤한 사랑의 신비에 기꺼이 잠겨 보세요.

사랑하세요. 목소리가 떨리고, 심장이 두근거리고, 다리가 후들거리고, 철학이 무너지고, 영리함이 부끄러움과 경외감으로 고개를 숙일 때까지….

당신은 가장 어두운 곳으로 데려가질 것이고, 당신이 도저히 가슴을 열 수 없었던 사람들을 향해 가슴이 불타오를 것이며, 언제나 은밀히 알고 있던 것을 상기하게 될 것입니다:

때가 되면 모든 것을 잊을 것입니다.

죽는 법, 사랑하는 법 말고는.

명상 종

우리가 겪는 괴로움은 대부분 통제력 상실에 대한 두려움, 혼돈에 대한 저항, 지나가는 폭풍 속에서 질서를 찾으려는 광적인 노력에서 비롯됩니다.

하지만 혼돈은 실제로 훌륭한 치유자일 수 있습니다. 때로는 폭풍이 불고 폭풍우가 몰아쳐야 할 때도 있습니다. 때로는 강한 에너지가 움직이고 온전히 느껴져야 할 때도 있습니다. 때로는 감정이 없어지기 전에 더 강렬해져야 할 때도 있습니다. 때로는 가슴이 활짝 열릴 필요가 있습니다. 때로는 새롭고 예상치 못한 것이 들어오도록 낡은 꿈과 계획이 사라져야 할 때도 있습니다. 때로는 관계가 형태를 바꾸고, 오래된 자아감이 죽고, 익숙한 구조가 무너져야 할 때도 있습니다. 비록 마음은 그것들이 그대로 유지되기를 바라더라도.

우리는 자신이 누구이고 무엇이며 왜 존재하는지를 더는 알지 못하는 혼돈과 무질서에 빠져 무언가 붙잡을 것을 필사적으로 찾으려 합니다. 집을 잃었다고 느끼며 집을 찾으려 합니다. 하지만 폭풍 속에는 세상의 집 너머의 참된 **집**으로, **현존**으로 오라는 강력한 초대가 담겨 있습니다. 혼돈은 흔들리지 않는 힘과 질서의 참된 원천, 즉 우리 자신을 기억하도록 우리를 초대합니다.

행복을 자기 바깥에서 찾지 마세요. 폭풍우가 몰아칩니다. 이 사실을 깨닫기 전에는 괴로움을 겪을 것이고, 잊을 때마다 괴로움을 겪을 것입니다. 그러니 괴로움은 적이 아니라 폭풍 속의 명상 종이며, 삶의 기발한 초대의 일부입니다.

역사 없이 감정을 만나세요

지금 이 순간에 슬픔, 분노, 의심, 두려움, 이름 모를 절망의 물결이 일어나면, 자신에게 물어보세요. “이 삶의 움직임이 바로 지금 그저 허용될 수 있을까?”

그 물결의 원인이나 해결책을 찾으려고 하지 마세요. 분석하거나 지금 당장 답을 찾으려고 하지 마세요. 답은 때가 되면 나올 수 있습니다. 해결책이 나타날 수도 있습니다.

하지만 지금은 초대장입니다. 혼란의 한가운데에 있는 자신은 희생자나 노예가 아니라, 모든 것이 나타나는 활짝 열린 공간이고, 모든 것을 수용하는 능력이며, 모든 것을 위한 집이라는 것을 알도록 초대하는….

모든 감정이 당신 현존의 사랑의 품에 안기게 해 보세요. 잠시라도. 설령 생각이 ‘지금 있는 것’을 밀어내거나 판단하거나 계획과 후회로 빠져들더라도, 생각의 움직임조차 당신 자신인 드넓은 앎 속에서 허용된다는 것을 알아차리세요. 여기에는 늘 충분한 공간이 있다는 것을 알아차리세요. 제한되어 있다는 느낌과 부족하다는 느낌까지도 담을 만큼.

모든 것이 명상의 일부가 되면, 어떤 것도 당신을 산만하게 하여 명상에서 벗어나게 할 수 없습니다. 이것은 길도 없고, 목적지도 없고, 각본도 없는 명상입니다. 그것은 당신 안의 모든 것을 좋은 친구로 만나는 것입니다.

생각을 위한 집

참된 자기는 분리되어 있는 '생각하는 자'나 그런 생각들을 '통제하는 자'가 아니라, 그 안에서 생각이 오고 가는 활짝 열린 공간임을 알 때, 자연히 평화롭고 만족하게 됩니다. 생각은 당신의 것이 아니며, 당신은 생각에 공간, 집, 휴식처를 자연히 제공합니다. 생각도 당신의 자녀이므로 집을 얻을 자격이 있습니다.

당신은 생각을 알아차리고, 인식하고, 그것이 생각임을 알아볼 수 있습니다. 그러니 생각이 당신을 정의하거나 제한하거나 포함할 수 없다는 것은 분명합니다. 만약 생각이 그럴 수 있다면, 당신은 "그건 생각이야"라고 말할 수 없을 것입니다.

당신 자신인 형언할 수 없는 광대함이 모든 생각의 바로 뒤에, 가장자리 주변에 있고, 모든 생각에 스며들어 있습니다.

외면하지 마세요

그래서 우리는 외면하지 않겠다는 굳은 결심을 합니다. 모든 감각, 모든 소리, 모든 냄새, 모든 생각, 모든 이미지, 모든 느낌은 이미 우리 안에서 깊이 움직이고 표현하도록 허용되어 있다는 것을 분명히 알고, 우리 자신은 이 사랑하는 자녀들을 품는 따뜻한 바다의 품임을 알기에, 우리는 삶을 마주하는 자기의 무한한 능력을 더는 의심하지 않습니다.

만약 의심이 일어나서 '나는 삶을 마주할 능력이 부족해'라는 느낌을 지금 직면하고 있다면, 우리는 이러한 물결조차도 (우리 자신인 무한한 능력 안으로 들어오도록 이미, 영원히) 허용되고 있다는 것을 알아차릴 뿐입니다.

그 뒤 우리에게 남은 것은 무엇일까요? 가장 작고 '하찮은' 것들에 대한 말로 표현할 수 없는 감사뿐입니다. 호흡. 오렌지의 맛. 우리가 몸이라 부르는 이 길들일 수 없고 이름 붙일 수 없는 살아 있음. 눈동자의 매혹적인 신비.

친구여, 사세요. 오늘, 이 평범한 날, 이 성스러운 날, 이 단 하나뿐인 날을 사세요. 당신 가슴의 참된 소망이 오늘 이해할 수 없는 방식으로 이미 이루어졌음을 알면서….

심장은 큰 기쁨으로 산산이 부서집니다. 마침내 당신이 자기 자신을 결코 버리지 않는다는 것을 기억했기에.

후두둑 후두둑

비는 한꺼번에 내리지 않습니다. 비는 '비'라는 하나의 존재로 떨어지는 게 아니라, 한 방울 한 방울, 소중한 순간순간, 개인의 것이 아닌 채로 자유롭게 땅에 떨어집니다. '비'는 은유일 뿐입니다. 후두둑 후두둑.

생각은 마지막 한 방울을 기억하고, 다음 한 방울을 예상합니다. 괴로움은 이런 식으로 만들어집니다.

마지막 한 방울을, 그 이전의 수많은 방울을 기억하면, 현재의 한 방울에 '나의 괴롭고 힘들었던 과거'라는 무거움이 더해집니다.

비가 오지 않았던 어제, 습하지 않았던 어제, 심지어 어제의 행복했던 햇살을 기억하면, 현재의 한 방울에 갈망과 한탄의 아픔이 더해집니다.

다음 한 방울을, 앞으로 내릴 많은 방울을 꿈꾸고, 미래에 내릴 폭우를 예상하면, 현재의 한 방울에 '나의 괴롭고 무거운 미래'에 대한 불안이 더해집니다.

그러나 실제로는 과거의 역사도 없고, 미래에 대한 꿈도 없으며, 오직 현재의 한 방울, 이 새롭고 신선한 한 방울만 있을 뿐입니다. 그리고 현재의 괴로운 한 방울이 거대하고 강렬하든, 부드럽고 가볍든, 그것은 늘 지금 일어나고 있으며, 우리는 항상 시간의 파괴에서 벗어날 수 있습니다.

비는 한꺼번에 내리지 않습니다. 후두둑 후두둑.

상승

깨어남. 깨달음. 더욱더 높은 의식 수준. 빛을 추구함. 빛이 됨. 빛으로 존재함. 빛의 초월. 영적 능력을 전해 줌. 영적 능력을 전해 받음. 스승의 발치에 앉음. 흥분. '스승님은 분명히 아실 거야'. 향 피우기. 영적 책 읽기. 찬송가 부르기. 명상. 요가하기. 내면의 아이 해방하기. '저기에 도달해, 저기에 도달해.' 참나 발견하기. 에고 초월. 마음 넘어서기. 상승. 하강. 다시 상승. 차크라 열기. 상상할 수 없는 능력 얻기. 기적들. 설명할 수 없는 위업. 신비한 사건들. 더욱더 깊어지는 통찰. 인간임. 비인간. 초인간. 메타-인간. 이원성의 초월. 이원성의 초월의 초월. '초월의 초월'의 초월. 누가 초월하는가? '나'의 없음을 봄. 참된 자기라는 근원. 누가 보는가? 누가 묻는가?

멈추세요, 친구여. 숨을 쉬세요.

공원을 함께 걸으며, 연로하신 아버지의 손이 당신의 손을 스칩니다. 다시는 반복되지 않을 순간입니다.

접촉. 반란.

"여기에 있으렴." 그것이 속삭입니다. "이 기회는 한 번뿐이야. 여기에 있으렴."

죽어가는 이들을 위한 기도

삶,

이해하려고 몸부림치게 하소서. 혼란만 남을 때까지.
그 혼란의 한가운데서 그들의 본래 깨끗한 마음을 보여 주소서.

모든 희망을 빼앗아 용기를 내게 하시고,
배가 아플 때까지 울게 하소서,
그들의 눈물이 녹아내려 웃음으로 변할 때까지.

그들을 파괴함으로 사랑하소서.

그 어느 때보다 외로울 때
상상 이상의 친밀함을 보여 주소서.

고통을 겪게 하소서. 당신과 싸우느라 지칠 때까지
충분히 큰 고통을 겪게 하소서. 그들의 모든 관념이 먼지와 재로 변하도록.

그들이 무엇을 찾고 있는지 모르게 하시되,
어쨌든 계속 찾게 하소서,
마치 목숨이 달린 것처럼.
책을 읽고 스승의 말에 귀 기울일 시간을 주시고,
산더미 같은 지식을 쌓을 시간을 주시며,
확신하고 자부하고 안전하다고 느끼게 하소서.

그 뒤 그들이 책을 썩히게 하시고,
그들의 스승을 위선자로 만드시고,
배운 모든 것을 의심하고 잊어버리게 하소서.

모든 것을.

그 뒤 그들이 벌거벗은 채 아무것도 방어하지 않으며
당신을 바라보며 홀로 서 있게 하시고,
덜덜 떨게 하시고,
두려움에 젖게 하시고,
모든 가면을 벗고 가식을 버리게 하소서.

그 뒤 그들이 큰 비밀을 깨닫게 하소서.
벌거벗은 채로, 실패한 채로, 망가진 채로,
그 모든 것을 피해 도망치는 동안에도
이루 말할 수 없는 사랑을 받고 있다는….

그들이 바로 당신이라는.

당신의 얼굴이 그들의 얼굴이라는.

아무 일도 일어난 적이 없다는.

잃을 것이 없습니다

그 일을 하세요. 아니면, 그 일이 이루어지게 놓아두세요. 가슴이 늘 기다리던 그 일을….

어떤 위험이 있나요? 모든 것을 잃을 위험? 그렇다면 모든 것을 다 잃어버리세요. 실패를 경험할 위험? 그렇다면 실패를 경험하고, 실패를 맛보고, 그 안에서 새로운 종류의 성공을 찾아보세요. 거부당할 위험'? 그렇다면 거부의 영광에 마음을 열고, 당신을 거부하는 사람들에게 가슴을 활짝 열고, 그들의 아픔을 보고 그들을 용서하세요. 조롱당할 위험? 그렇다면 그런 조롱의 목소리와 사랑에 빠지고, 그 목소리를 당신의 사랑하는 새로 태어난 목소리, 다정한 관심이 필요한 자기의 목소리로 보세요.

인생은 낭비하기에는 너무 소중하고, 미루기에는 너무 즉각적이며, 일어날 수 있는 '최악의 일'은 몸이 부서지거나 자기 이미지가 산산조각 나는 것뿐이며, 몸과 이미지는 둘 다 참된 당신이 아닙니다. 잃을 것이 하나도 없습니다. 당신의 상상 속 자존심, 어떻게든 삶의 용광로에서 불살라지기를 은밀히 원하는, 두려워하는 자아 말고는….

루비 슬리퍼

평범한 순간이란 없습니다. 우리는 그렇다는 것을 마음 깊이 늘 알고 있었습니다. 우리는 한때 어렸고, 지금도 여전히 그렇기 때문입니다. 우리는 어른인 척했을 뿐입니다. 삶은 언제나 그랬듯이 굉장한 모험입니다. 당신은 정확히 있는 그대로 완벽합니다.

깨어나는 것은 개별적인 '나'가 아닙니다. 깨어남은 이야기 속으로 들어갈 수 없습니다. 왜냐하면 그것은 시간과 공간을 초월한 것이며, 한 '개인'에 관한 어떤 결론이 될 수 없기 때문입니다. 깨어남은 개별적인 '나'라는 신기루에서 비롯되며, 그 '나'의 무수한 프로젝트, 계획, 결론, 그 이상을 향한 끊임없는 추구, 그리고 오즈의 마법사, 어떤 초인, 그리스도 같은 인물, 인간을 구원하기 위해 하늘에서 내려온 초각성자 등 자기의 이미지를 포함한 이미지를 끝없이 유지하는 행위가 수반됩니다.

어떤 사람들에게는 깨어남이 갑작스레 일어납니다. 많은 사람에게는 일생에 걸쳐 서서히 일어납니다. 모든 사람에게는 시대를 초월하며 목적지가 같고(캔자스*, 근원, 현존, 참된 집), 목적지는 우리가 나온 곳이며, 이 모든 것은 바로 지금 정확히 있는 그대로의 지금 이

* 《오즈의 마법사》에서 주인공 도로시의 고향.— 옮긴이

순간을 가리킵니다. 그것은 놀랍도록 평범하지만, 우주만큼 광활하고, 동틀 녘 갠지스강처럼 풍요롭고 가득하며, 어린 자녀의 눈빛처럼 소중하지만, 쉽게 잊히고 쉽게 기억됩니다.

집(지금 이 순간)만큼 좋은 곳은 없습니다. 에메랄드 시티[*]가 아무리 화려하고 흥미진진해도 살아 있는 한순간의 친밀함과 장엄함에는 미치지 못합니다. 그 빛과 어둠의 빛나는 도시에는 공허한 까치 약속들만 살고 있으며, 이익을 위해 살고 죽는 거짓 예언자들을 따르고, 따르고, 따르고, 또 따르는 추종자들만 존재합니다.

"**집**만큼 좋은 곳은 없어." 발뒤꿈치를 세 번 맞부딪친 뒤, 그렇게 말해 보세요.[**] 아무것도 잃을 것이 없습니다.

---

* 《오즈의 마법사》에서 오즈의 마법사가 살고 있는 도시. — 옮긴이

** 영화 《오즈의 마법사》에서 도로시가 신고 있던 루비 슬리퍼의 뒤축을 맞부딪치며 "집만큼 좋은 곳은 없어"라고 말하자, 캔자스에 있는 집으로 돌아왔다. — 옮긴이

감사

슬픔과 절망에도 불구하고, 도저히 극복할 수 없을 것 같던 시간들에도 불구하고, 마음이 고문실 같고 몸이 감옥 같았던 날들에도 불구하고, 내 본성과 깊이 유리된 채 고통스럽던 세월에도 불구하고, 그것은 축복받은 삶, 말할 수 없이 풍요로운 삶이었으며, 나는 그 삶이 어떤 식으로든 달랐기를 원하지 않았을 것이고, 그 삶은 어떤 식으로든 실제와 다를 수 없었습니다.

그리고 만약 모든 것이 내일 끝나면, 막이 내리면, 나는 하나의 단어로 줄어들 것이고, 단 하나의 단어만 남을 것이며, 그 단어는 모든 것을 시작한 단어일 것입니다. 그 단어는 감사입니다.

감사합니다. 모든 것에 감사합니다. 빛과 어둠, 얻음과 잃음, 성공과 실패, 즐거움과 고통, 기쁨과 슬픔에 감사합니다. 그 안에서 모든 것이 새의 지저귐처럼 왔다가 사라지는, 말로 표현할 수 없는 앎에 감사합니다.

옮긴이 김윤

서울대학교 경영학과를 졸업했다. 지금은 자유롭고 평화로운 삶으로 안내하는 글들을 우리말로 옮기고 소개하는 일을 하고 있다. 그동안 번역한 책으로는《네 가지 질문》《기쁨의 천 가지 이름》《가장 깊은 받아들임》《아잔 차 스님의 오두막》《나 자신, 영원하고 무한한》《당신, 존재의 바다에게》《지금 여기에 현존하라》《고요한 현존》《현존 명상》《모든 것은 하나다》 등이 있고, 공역한 책으로는《순수한 앎의 빛》《사랑에 대한 네 가지 질문》《직접적인 길》《요가 매트 위의 명상》 등이 있다.

당신,
존재의 바다에게

초판 1쇄 발행 2025년 2월 26일

지은이 제프 포스터
옮긴이 김윤

펴낸이 김윤
펴낸곳 침묵의향기
출판등록 2000년 8월 30일, 제1-2836호
주소 10401 경기도 고양시 일산동구 무궁화로 8-28,
삼성메르헨하우스 913호
전화 031) 905-9425
팩스 031) 629-5429
전자우편 chimmukbooks@naver.com
블로그 http://blog.naver.com/chimmukbooks

ISBN 979-11-990765-2-5 03840

*책값은 뒤표지에 있습니다.